U0558097

扶贫家書

遇见力歌　编著

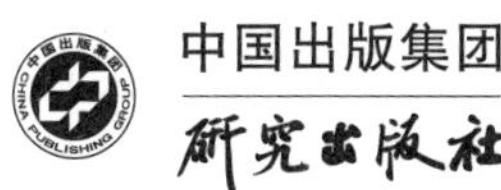

图书在版编目 (CIP) 数据

扶贫家书 / 遇见力歌编著 . -- 北京 : 研究出版社 , 2020.10

ISBN 978-7-5199-0927-7

Ⅰ . ①扶… Ⅱ . ①遇… Ⅲ . ①书信集 – 中国 – 当代 Ⅳ . ① I267.5

中国版本图书馆 CIP 数据核字 (2020) 第 196208 号

出 品 人：赵卜慧
图书策划：张立明
责任编辑：张立明

扶贫家书

FUPIN JIASHU

遇见力歌　编著

研究出版社 出版发行
（100011　北京市朝阳区安华里 504 号 A 座）

河北赛文印刷有限公司　新华书店经销

2020 年 10 月第 1 版　2020 年 12 月北京第 2 次印刷
开本：710 毫米 ×1000 毫米　1/16　印张：18.5
字数：214 千字

ISBN 978 – 7 – 5199 – 0927 – 7　定价：58.00 元

邮购地址 100011　北京市朝阳区安华里 504 号 A 座
电话（010）64217619　64217612（发行中心）

代序

写给扶贫人的一封信

可爱的扶贫人：

您好！一切都好吧，见字如面！

我很荣幸曾与您一起亲身参加了脱贫攻坚这场人类最美至善、无尚崇高的伟大战斗。

2020 年是全面打赢脱贫攻坚战的最后一年，也是决战决胜全面建成小康社会的关键之年。从事扶贫工作 5 年了，与扶贫工作有了很厚的感情，与大家结下了很深的友谊。在这样能够见证历史的关键时刻，我想与战友们一起，把我们为扶贫工作流下的汗，流下的泪，留下的真情记录下来，编织成我们为这场人类伟大斗争而努力的美好而真诚的记忆。这一定是件很有意义的事情！

以什么样的形式和内容作为纪念，这是我一直思考着的。

2019年，在扶贫路上的机场书店看见一本《美国家书》。这本书收录了 45 位杰出的美国人写给孩子的信。书中有这样一句话：家书曾经连接时空并传递情感，如今是观察美国精神与人文的新鲜视角，也是一本令人终身受用的教养指南。

突然，眼前一亮，“家书”，这个如今弥足珍贵的字眼让我激动不已。

紧接着，我迅速想到一个问题：多年后，观察中国精神和人文的新视角又是什么？

当即，我买下这本《美国家书》，回到北京后，立即买下与家书有关的多本书籍，比如《红色家书》《抗战家书》等。

战争年代，很多人和很多家庭因为战火，因为两地，通过书信叙事、抒情、讨论工作。这些信件成了战争后的宝贵文献，通过它们，我们更加真实地看到历史，认识战争，记住灾难与教训。

和平时期，一大批“扶贫人”义不容辞，全力以赴地投入到打赢脱贫攻坚战中，同样与家人朋友同事两地工作和生活，通过电话、微信、书信等方式沟通交流表达思念或讨论工作等，这无不与我们一样，是这场伟大攻坚战的组成部分。我们没有缺席，这些文字和语言同样不能缺席。因为，多年后它们同样会成为观察“扶贫精神”，从而透视中国人文的新鲜视角。

信，这一带有历史感的文体一定会载着我们走进历史。那些我们亲笔写下的文字，带着我们的体温，带着我们的思想，带着我们对“家人”的情愫，或感恩或愧疚或思念或关切……过去的那一刻是真实而宝贵的，未来的那一刻是充满希望的期待和回忆！

信，这一带着私密感的表达无疑是我们心灵的窗子，一定会有一定的原因和情感促使我们推开这扇窗子，而在推开前，我们一定会整理思路并努力系统地表达，这种系统而不是碎片化的表达将会给对方展现一幅完整的画卷。

信，这一凝固情感的载体，如若一处美丽的风景，可贵的是，我们可以经常回望和欣赏。它的表达不像电话那样，转瞬即逝，而像我们期待的那样，对方想起来就可以拿出来再看、再读、再品，细细地品味我们轻如蚕丝而又重如泰山般的情感。

信，这一真诚直白而又羞涩含蓄的微妙，在于与见面的不同，见面不好表达的却可以在信中娓娓道来，说得更细说得更透说得更任性说得更加自由自在无拘无束淋漓畅快，就像是画家肆意地涂抹属于自己内心向往的田野。

我用了近半年的时间寻找选题的理由，并为自己鼓劲打气，同时征求扶贫战友的意见建议，忙着联系出版社等，终于，事情有了进展。

万事俱备，只盼家书！现真诚地向您发出邀请，恳请赐稿。（1）您可以把您在扶贫期间与亲朋好友、同事同学写的书信拿出来与大家分享；（2）或是把微信内容进行整理或是扩容，这也是一封美妙的信；（3）当然也可以现在动手把当时的所思所想所做，以家书的形式描述出来；（4）还可以是在扶贫期间我们收到的他人的来信。只要是真情实感即可！只要您愿意拿出来分享即可！书信只是一种形式，这种形式犹如打开心门的一扇窗，流露出我们炽热的真情。

在内容上，有什么写什么，想写什么就写什么，只要是与扶贫有关，只要是真实的事、真诚的情、真挚的爱，只要您肯写出来、发过来，只要您能动笔去写，故事一定很精彩！相信《扶贫家书》一定会为您，为我们留下一本真诚而精彩的记忆，为后人留下不一样的视角。

随信附上这本书的策划方案，里面是我关于这本书的一些考虑及相关要求等，请您过目，有什么意见和建议，尽管电话或微信沟通。

这是我关于本书发出的第一封“家书”，如收悉，盼复！

此致

敬礼！

力歌顿首

2020 年 3 月 31 日

目 录

孩子，你是爸爸心中最闪亮的星空

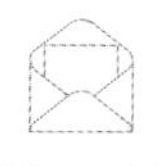

目 录

三年前的你是不是三年后的我

你们是我一生的惦念

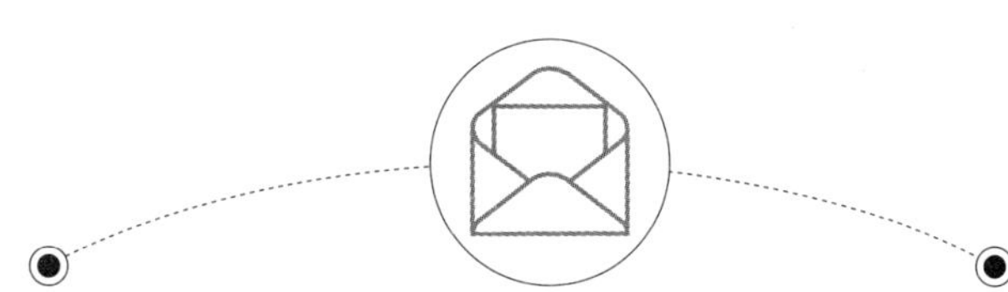

看着您的背影

“你不是官，不是什么领导，是人民的勤务员，为人民服务的，处处要用共产党员标准严格要求自己。”

祖父写给蒋丽欣

蒋麗欣

■2018 年 8 月至今，由自然资源部选派到江西省赣州市赣县区五云镇任镇长助理、夏潭村第一书记兼夏潭村扶贫工作队副队长、赣州市自然资源局赣县分局副局长（挂职）。期间，获 2018-2019 年度“自然资源部直属机关优秀共青团员”称号。

这封信是蒋丽欣的祖父蒋学仁在她到村担任第一书记不到 3 个月时写的。写信时，蒋学仁 82 岁高龄，蒋丽欣 25 岁。家书中的寥寥数语，虽然朴实无华，但是饱含了祖孙之间浓浓的爱，更是老共产党员对年轻一辈的希冀与嘱托。

你就是这个村的服务员

丽欣：

你好！工作忙吧？爷爷很想你，但又不放心你的工作水平，想说你几句。

你到一个村去工作，要牢牢记住：你就是这个村的服务员，是为这个村全体村民服务的，是这个村的当家人，全体村民都是你的家人。你要特别关心老人、贫困户、五保户，要把每一户村民家中的事当成你自己的事认真处理。有事要和班子成员共同商议，多听群众意见，和群众、同仁、上下级搞好关系，搞好团结。团结好上下，全民一条心，黄土变成金。事事依靠党的领导，多请示、汇报。

你要在心中牢牢记住：你不是官，不是什么领导，是人民的勤务员，为人民服务的，处处要用共产党员标准严格要求自己。要注意身体。

祝你工作顺利，万事如意。

祖父：学仁

2018 年 10 月 24 日晚

· 篆刻　为人民服务 ·

“从城市到农村，特别是从富庶繁华的杭州到贫困地区的乡村；从机关工作到事无巨细都必须亲力亲为的农村繁重的具体工作。我们怕你适应不了，甚至不能胜任。现在放心了。”

父母写给谷双魁

谷双魁

■2018 年 7 月至今，由国家能源局选派到甘肃省定西市通渭县平襄镇孟河村任第一书记。2019 年被评为甘肃省脱贫攻坚先进个人。

以下 3 封信分别是谷双魁父母写给他的和他写给女儿的，以及所驻村党支部书记写给谷双魁父母的。

农村工作是艰苦的

双魁吾儿：

见信如面！尽管我们常有电话联系，互报平安，但我和你妈还是想写封信，嘱咐你一下。

自从确定你去甘肃通渭挂职扶贫后，我们非常牵挂。因为你从小到大从未接触过农村工作，对农业、农村、农民“三农”这件大事可以说知之甚少，更不用说做农村具体的领导和扶贫工作了。一年的实践，我们看到了你已经基本适应了这项工作。这其中付出了多大的努力，吃了多少苦，别人可能不知，父亲、母亲是清楚的。

农村工作的艰苦，特别是贫困地区农村的苦更是可想而知的。我们高兴地看到，你已经快速融入农民之中，并小有收获，我们很高兴。

从城市到农村，特别是从富庶繁华的杭州到贫困地区的乡村；从机关工作到事无巨细都必须亲力亲为的农村繁重的具体工作。我们怕你适应不了，甚至不能胜任。现在放心了。

健康和安全也是我们十分挂念的。我们知道你有肾结石，并在繁重的工作中复发过，好在挺过来了。

现在，最令我们放心和高兴的消息，不断传来。紫斑油用牡丹试种成功，金银花栽种成活达标，“陇上孟河”商标注册完成，村集体有了收入，太阳能发电筹划准备施工中……我们终于从挂念熬到了放心，熬到了高兴。好样的儿子，好样的你们的扶贫团队，好样的孟河村党支部。

有件不大不小的事，本不想告诉你，怕你着急，影响工作。你

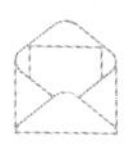

谷双魁

妈于今年 4 月 2 号凌晨腹痛尿血，怪吓人的。紧急拉到县中医院，初步诊断为尿路结石。彩色 B 超、CT 检查，没找到结石。医生们解释结石可能排出，故有尿血和疼痛。住了一周院，经观察治疗，证实了医生诊断。你妈反复强调，让你放心，不必回家探望。工作刚打开局面，要盯紧点，争取早日完成习近平总书记交给的脱贫攻坚任务，为全国脱贫攻坚作贡献。

家中的一切均好！

祝工作顺利！身体健康！

父母嘱

2019 年 4 月 13 日

宝咖：

让爸爸猜猜你现在在做什么？今天周三，晚上绘画的兴趣班应该结束了，姥姥陪你走在回家路上，你正在给她讲着今天学到的新内容吧！

快回家，姥爷应该已为你做好了你最爱吃的晚饭，然后等妈妈今晚上完课下班回来，陪你一起练习舞蹈基本功……你的日程还是这么丰富。

一晃阿爸来甘肃通渭驻村扶贫已经一年多了，这期间很遗憾错过了你的幼儿园毕业礼、小学开学仪式、幼儿舞蹈团及小歌手的汇报演出，还有你的生日派对……但每一次我都清晰地记得，因为我有千里眼，能够遥望你的生活点点滴滴。

我每次回家，你都会滔滔不绝给我讲你的新故事，展示你的新本领，让我陪你做有趣的比赛：捉蝴蝶、捞小鱼、滑轮滑、打羽毛球、放风筝、成语接龙、飞花令……当然每次都是你赢。一年来，你成长得很快，还记得我刚到甘肃时，姥姥打电话来告你状，说你不愿意练功，妈妈出差、姥爷血压高了，管不了了，你在电话里哭着问我是不是小朋友都要坚持练习……是的，做事只有坚持，战胜自己才能不断成长进步。很高兴你听了爸爸妈妈的话，懂事了不再和姥姥拌嘴，坚持了自己的兴趣，学会《半壶纱》《小辫子甩三甩》等属于自己的成名舞，考入了杭州市幼儿艺术团，学会了《瑶族舞曲》的演奏，进阶了少儿声乐团，在学校交到了朋友，被评为了三好学生，还创作了自己的绘本系列《悲伤的故事》《小刺猬找朋友》《彩虹对你说》……爸爸为你骄傲，给你点赞！爸爸妈妈、姥姥姥爷

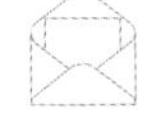

都是爱你的。

上次视频，你说语文课看图写话作业《神奇的豆子》，你想画一颗心想事成豆，希望它能让爸爸快点帮助完更多的人，早点回来陪你玩、陪你练功、陪你学习、陪你讲故事、陪你做手工……嗯哼，你的心愿已经收到，爸爸今年年底将完成任务，回来陪你一起成长。

好了，就写下这么多话，希望你能看到，天天开心、健康、快乐！

爸爸

2020 年 1 月 7 日

尊敬的叔叔阿姨好：

在这一声迟来的感谢之言送到之时，已是又一年年关岁尾，回想一年前，我们与一位来自鱼米之乡的小伙子谷双魁结识在大西北小山村的情景仿如昨日。

一年来，我们从相识到今天的相知，我们风雨共济，有苦同当，有乐同享。当年白白胖胖的小伙子变黑了，变得更结实了。

一年来，我们经历了太多太多，彼此相互关照，共同进步成长，但更多遗憾与不安。

一年来，让双魁吃的苦太多，我们没有照顾好双魁，我之过，在这里向叔叔阿姨说声对不起！

可喜可贺，您有一个好儿子，我们遇了一个真帮实扶让我们村富起来的好领导，从个人而言，我结识了一个终生可交的挚友，我们的友谊地久天长。

最后祝叔叔阿姨身体健康！新春快乐！

孟河村党支部书记刘振国

二〇一九年元旦

·篆刻　艰苦奋斗·

“‘儿啊，先拿国家个事体做好。’这是您朴实而真心的话语，原来‘国家’在您心中也是始终摆放在‘先’的啊！

每当工作一天，夜深人静的时候，我常常默默地思念着你们，每每想起你们的养育恩情，往事历历，总是泪眼双流，悲上心头。”

沈林福写给父母

沈林福

■2016 年 11 月至 2018 年 12 月，由国家自然科学基金委员会选派到内蒙古自治区通辽市奈曼旗挂职任副旗长，2018 年度被评为第八届首都民族团结进步先进个人。

沈林福挂职扶贫工作期间，父母双双离世。沈林福始终牢记母亲“先拿国家个事体做好”的教诲努力做好扶贫工作。写这封信时，父母辞世将近三年。

一直在写却迟迟没有写完的家书

我慈爱的父母：

这已是一封再也难以寄达却久久萦绕心头、需要深情诉说，一直在写却迟迟没有写完的家书，这封家书就是对你们——教诲我“先拿国家个事体做好”、支持鼓励我全力做好扶贫工作却已辞世将近3年的慈爱双亲，表达我无限的敬意和思念。

2016年底，接到单位领导要我参加扶贫任务后，我回家当面向你们汇报了这事。当时因考虑到你们都年事已高且有病在身：老爸您肺部不好常年吃着药，不时要去医院，家里备着吸氧罐；老妈您年前吐血治疗刚出院，常常盼望儿子能在你们生病住院时及时赶到身边照料，因此，我在报名时就非常地犹豫和犯难，也向领导如实地汇报了这一情况和顾虑。让我没想到的是，当我心怀忐忑向你们请示，说到我的忧虑时，老妈您却一字一句认真地对我说：“儿啊，先拿国家个事体做好。”这是您朴实而真心的话语，原来“国家”在您心中也是始终摆放在“先”的啊！

“先拿国家个事体做好”，这就是慈母您对孩儿的要求，这就是您“娘的心意”。正是您的这一教诲，使我在扶贫征程上心里感到踏实和稳当。虽然心中始终担忧着你们的健康和安危，但内心更加坚定和温暖。

一定要按照老妈您“先拿国家个事体做好”的要求，认真全力地做好扶贫工作。这是我来到祖国北疆边陲内蒙古自治区奈曼旗踏上扶贫征程后心中默念最多、耳边时常响起的一句话。可是当我正忙于学习扶贫政策，开展贫困旗情调研，了解、学习民族地区特点，

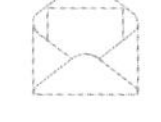

征集并组织科学基金扶贫项目等工作时，却于2017年6月先接到了家兄“父亲病重望你速回”的电话。刚送走家父返回奈曼旗不久，又接到了“慈母病重住院”的电话。你们前后仅隔一个月零一天就双双地离开了我们，难道是因为怕影响你们远在边疆扶贫的儿子的工作，而匆匆地走了？这可让我永远难以抚平心中的痛。每当工作一天，夜深人静的时候，我常常默默地思念着你们，每每想起你们的养育恩情，往事历历，总是泪眼双流，悲上心头。

去参加扶贫工作，环境艰苦是一个方面。另一方面，对我来说扶贫也是一项全新而陌生的工作，也是摆在我面前的一项极富挑战性的艰巨任务。

说工作陌生，主要是自己对扶贫工作的认识还不深刻，对党和国家的扶贫政策还不熟悉，对当地的实际情况也不了解，扶贫工作的抓手或切入点不容易找到。

每当遇到困难时，在我眼前总是会浮现你们勤劳的身影。勤劳持家，忙碌奔波，艰辛挣钱，养大我们，备尝生活的艰辛。妈妈常说，人要勤快，不要偷懒，生活就会好起来的。就是你们的这个“勤”字——做事总是竭尽全力，不管生活多艰辛，都靠乐观、勤奋来面对——给了我无穷的力量。常言说“一勤天下无难事”。勤劳是财富的源泉，是美好生活的根基。因此，我以一个小学生的姿态，把勤学习、勤调研放在扶贫工作的突出位置。勤学习就是学习党的扶贫政策、学习习近平总书记关于扶贫工作的重要论述以及地方贯彻落实中央扶贫政策的具体措施等，努力掌握扶贫工作的大政方针。其实，这方面要学的东西还真不少。勤调研就是尽快了解和熟悉奈曼旗的实际情况，了解当地的生产、经济、产业、民生，特别是贫困群众的真实情况及其致贫的主客观原因。奈曼旗是我国北疆的一个民族区域自治地区，这里生活着一群朴实、厚道、勤劳、善良的蒙古族、汉族等多民族百姓。蒙古族人民热情好客，豪爽、勇敢，勇于奋斗，向往美好生活，富有一往无前的蒙古马精神。他们有优秀的民族传统文化如蒙医药文化，也流传着民族团结的美丽佳话——诺恩吉雅等。但由于气候、土地等客观原因，这里的许多百姓还处于贫困状态。为了找准帮扶的切入点和抓手，我从文献调研到走村入户的实地调研，在这方面勤下了一番功夫。

为了尽可能多地为贫困地区的百姓做点实事，我真心实意、踏下心来，脚踏实地、实干为本，从最基本的事情做起。我把主要的时间和精力都用在奈曼旗扶贫一线，扑下身子，走进嘎查（村）、贫困户，深入田间地头、扶贫项目基地，加强旗情综合调研，掌握嘎查（村）、贫困户实情，走遍了奈曼旗的绝大多数苏木（乡镇），了解实情，认真组织了2017、2018年度科学基金扶贫项目，共有近20个项目申请，其中“苦参种苗繁育与示范推广”“红薯脱毒种苗的培育与应用”“用蒙中药材研制足部抑菌剂技术与产品生产”等8个项目经专家评审获得批准给予资助经费，合计350万元。从目前项目的实施效果来看，这些项目都取得了良好成效，有的项目已经研制生产了有市场竞争力的蒙药材产品并实实在在带动了贫困户脱贫，发挥了科技在推动奈曼旗脱贫攻坚中的引领作用。

特别是我做了蒙医药产业发展的深度政策调研和推动其有效发展后，从对蒙医药产业一无所知，到从蒙医药政策、蒙医药科学、药材种植、产业发展、宏观管理等十多个方面，用大产业理论、从全产业链角度，进行探索和把握该产业发展的状态、关键和问题所在，起草了《关于加强蒙医药特色产业发展及贫困旗（县）可持续发展专题调研报告》，针对蒙医药产业发展瓶颈，依靠科技因症施策，在领导、同事等各方面支持下，组织策划“蒙医药特色产业与奈曼旗可持续发展暨第二届占布拉道尔吉蒙医药发展战略研讨会”，邀请了包括中国工程院院士、中医科学院院长张伯礼院士等我国中医领域著名科学家，同仁堂集团的著名药材专家等作重要报告，参会规模达 600 多人。通过会议、项目等帮助了当地的蒙药材种植产业、蒙药材小型民营科技企业等发展壮大，也为奈曼旗引资 1.2 亿元产业发展资金等，推动了蒙医药支柱产业走上良性发展轨道，从而带动贫困群众脱贫致富。

两年的扶贫工作，我始终牢记母亲您“先拿国家个事体做好”的教诲，努力把党中央、习近平总书记对贫困百姓的关心关爱传递到贫困群众的心坎里，把党的扶贫政策落实到解决贫困群众的实际困难上。在两年的基层工作中，我努力完成好各项扶贫任务，向当地干部群众学到了很多美好品德。我在扶贫中尽了一点绵薄之力，做得还很不够，却赢得了当地政府和群众的一致好评，也与当地领导、同事和群众建立了深厚情谊。2017 年在旗政府年度公务员工作考核中被评为优秀，2018 年度被评为首都第八届民族团结先进个人。

你们辞世近三个年头了。家祭勿忘告乃翁，感谢战友给我发来提供“扶贫家书”的美好邀请，借此机会写就此信。我要欣喜地告慰你们，儿子战斗过的奈曼旗，在党的坚强领导和旗人民群众的共同努力下，已于 2020 年 3 月顺利摘掉了贫困旗的帽子，正和全国人民一起意气风发地行进在小康社会的光明大道上。希望有心灵的电波能传递我对你们无限的思念，你们的恩情永世不忘！

儿林福泣血跪拜
2020 年 4 月 30 日

“尽管我只是放了点咱们平时吃的‘糟辣椒’，他们每次也都辣得不停地喝水吐舌头，可爱至极。”

侯俊写给父亲

侯俊

■2018年8月至今，由中国气象局选派至内蒙古自治区兴安盟突泉县五三村任第一书记。荣获2018年度兴安盟脱贫攻坚先进个人，2020年“兴安好人”荣誉。

听到村里孩子们背诵朱自清的《背影》，瞬间想起了自己的父亲。遂写下这封信。

看着您的背影

爸：

见字如面，愿家中一切安好。

今天给村里孩子辅导功课的时候，听到他们在背诵朱自清的《背影》，瞬间勾起了我的回忆。我们一家人原本生活在一个安静的小县城，13 岁那年尽管我千百个不愿意，可您和母亲执意把我送到贵阳舅舅处求学，说要我谋一个好的前程。把我安顿好离开的时候，我也是不舍地看着您的背影，觉得你们好狠心，现在才明白“儿行千里母担忧”却依然选择分离的良苦用心，才懂得父母之爱子女，必为之计长远的道理。

我在内蒙工作一切都好，五三村去年完成了“人脱贫，村摘帽”的脱贫目标，目前防止已脱贫群众返贫和谋划乡村振兴是重点，帮助村民发展庭院经济，搞紫皮蒜特色种植、发展养牛产业，去年争取中国气象局帮扶建的 10 个种植大棚已投入生产，种植了葡萄、香瓜、西瓜、草莓等水果，我们正利用五三村离县城近的地理优势发展乡村采摘旅游，中国气象局还订购了我们村很多农产品，真是带来了及时雨。

老乡们都把我当自己人，我也经常带着食材去串门，给他们做个贵州菜尝尝。但他们大多不能吃辣，尽管我只是放了点咱们平时吃的“糟辣椒”，他们每次也都辣得不停地喝水吐舌头，可爱至极。您知道，我一向喜欢孩子，上大学那会儿我就利用课余时间做家教，去上海农民工子弟学校义务支教，来了村里我又重操旧业开起了免费辅导班，目前有 20 多个孩子放学后来我这儿学习，他们总能给我

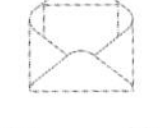

带来无奈和感动，调皮捣蛋是他们最爱干的事儿，但前两天却给我写了“感谢信”，真是“恶魔与天使”的完美结合体。

我和您很少通电话，每次非要通话都是像交代工作任务一样简明扼要，但 2019 年的国庆节您却给我发了如下一封短信：“儿子，今天是国庆节，听你母亲说你没放假，依然战斗在脱贫攻坚一线，你辛苦了。这份辛苦是值得的，因为你正在用扎扎实实的工作为祖国生日献上最珍贵的礼物。爸爸有许多心愿你都在替我完成，我以你为荣。”

收到短信时我正在贫困户家开展工作，电视里放着国庆大阅兵，一时没忍住，眼眶竟然泛出了泪水。父亲、母亲请保重身体!! 另外，听说你们催促妹妹找男友一事，这种因缘分而定的事情，我觉得顺其自然更为妥当，且妹妹才刚过 23 岁，不必太过着急，你俩没事儿弄弄花草消遣甚好，但千万注意身体，我在内蒙一切都好，请放心。

儿子侯俊

2020 年 4 月 20 日

“我要敢于担起这沉甸甸的职责，等你长大成人后带你来到我奋斗过的地方，自豪地告诉你，这里美好的一切都融合着你父亲的呕心沥血和苦心经营！”

李浩写给父母妻儿

李浩

■2015 年 9 月至 2019 年 2 月，中国农业银行总行选派到河北省衡水市饶阳县北歧河村任第一书记，兼任大官亭镇党委副书记。扶贫期间先后荣获：河北省优秀驻村"第一书记"、衡水市扶贫奉献奖、中国农业银行 2015—2018 年优秀扶贫先进个人、优秀共产党员、首届五四青年奖章等荣誉。

面临扶贫工作中的很多困难和挫折，他也多次打过"退堂鼓"，因为父母和妻子通过多种方式的鼓励，他坚持下来并做出了成绩。2018 年全村脱贫出列，他回忆起三年来的艰辛扶贫，感慨很多，遂分别给父母、妻子、儿子各写了一封信，说是记录心情，更多的是感恩吧。

誓不脱贫不归还

亲爱的父母亲：

三十几年的辛苦养育，三十几年的风雨兼程，在我成长的过程中，您二老重言传身教，赋予了我乐观、坚韧、不畏艰苦的性格。儿年少赴京念大学，学成后被招入农业银行总行，本已踏实的端起“金饭碗”，准备撸起袖子在这生机盎然的金融领域大干一番。而如今，儿羽翼渐丰之时，却毅然选择远赴千里之外，甘做贫困山村第一书记。“穷则独善其身，达则兼济天下”，全因受到家风的洗礼，继承了您二老做领导时那份胸怀大局的品格。儿选择逆向而行，暂时舍弃了北京温暖的小家，为让那一方百姓过上幸福的好日子，誓不脱贫不归还！

初次得见这片土地的贫瘠、经济的落后、百姓知识的匮乏，我虽然心里早有准备，仍被深深震撼：漏雨的村委会内破桌、破椅狼藉一片，村里因为内涝垃圾遍地臭味熏天，走访的贫困户家徒四壁。我暗下决心，要让这穷困落后的北歧河村改天换地，重现新颜！

攻坚脱贫，困难重重，儿肩负着你们的理解、支持和期盼，未敢有丝毫懈怠。走访摸排——儿用脚掌丈量了村里的每一寸土地，逐户摸底调查，掌握了村里第一手资料；完善基建——儿完成了几任书记未能完成的民心工程，打通了通向村民心里的那条路，也打通了通向富裕的那条路；融合产业发展——发展菜园、果园，新建工业园，壮大奶牛园，儿硬是把自己从对农村的一无所知学成了半个农业专家，同时发挥自身优势，将金融活水引入到田间地头，打造了集融智、融资、融通、融商为一体的“四融”精准扶贫新模式。

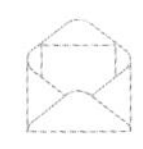

李　浩

身在农村，也常有人问起家中二老，我时常未曾开口便眼眶通红、言语哽咽。忠厚传家久，诗书继世长。心中有万千自豪之情无法溢于言表，也有满心愧疚，未能时时孝敬您二老于身前膝下。家风的家，也是家国的家。家是最小国，国是千万家，家国两相依。“扶贫”是一项庞大的命题，儿用实际行动去造就一方百姓的幸福，扶贫结束后定当弥补我的愧意，精心侍奉您二老。

李浩

2016 年 5 月

吾妻：

案前提笔这一刻，思念之情奔涌而出，我心五味杂陈，竟不知如何与你纾解。离开你赴河北驻村的日子里，难得的闲暇时间，念的都是你。每每提及家里，都知吾妻贤良温婉、深明大义，只有我知你为侍奉公婆思虑周全、为照顾稚子夜不能寐，日渐消瘦、身心俱疲，却不曾喊苦喊累，在我离家的日子里，强撑起家中的一片天。

初次离家远赴农村，我们的孩子尚未满月。回想当初襁褓中的婴儿、羸弱的产妇，直至今日我都不知你瘦小单薄的身躯里如何蕴藏了那么大的毅力和勇气，能够坚决地支持我走出这别样人生的“第一步”。彼时与你一样刚刚生产完的女人，恐怕都尚且活在极度地被呵护、被宠爱、被关心的环境里。扶贫工作任重道远，我第一次离家就三个月才回一次，孩子已经长大不少，眼见你对他的照顾从无所适从到驾轻就熟，期间我对你的“付出”仅仅是视频里、电话里那看不见、摸不着的问候和嘱咐，你却告诉我的是你无怨无悔。你融合了高知女性的见多识广、事业女性的精明强干，更有顾家女性的温柔贤惠。扶贫工作稍有起色，你为我万分欣喜；产业发展走向正轨，你鼓励我再接再厉；农民增收见到实效，你对我满是赞誉。我何其有幸娶你为妻！

孩子渐渐长大，我的缺位也越来越多，你是我坚强的后盾、温暖的大后方，硬是一人扛起两人的责任，守护好我们这个小家。孩子感冒发烧是你驱车带去医院守候，整夜不眠；父母身体不适是你挂号问诊办妥一切，悉心照料；家里大小活计是你替我担起，不问苦累、事无巨细。于事业，我问心无愧；于你，我心中有爱、有敬、有愧疚，余生为你鞍前马后，换我替你挡风遮雨！

李浩

2017 年 6 月

吾儿：

自你呱呱坠地时起，为父对你便是满心愧疚。你生下不满月余，我便远走他乡扶贫，未能尽到做父亲的职责。扶贫三载，你从襁褓婴儿长成懵懂孩童，我对你的陪伴少得可怜。你对我的陌生、客气和疏离，都像是一把尖刀，刺得我万分心痛。今日我写下这封家书，期待你长大成人那一日，可以理解我的良苦用心。

自从家中有了你，我心中有了新的牵挂。你是那样小小的一个肉嘟嘟的小精灵，每次抱你都让我笑意盈盈。我感叹新生命的神奇，发誓做这世界上最好的父亲，为你付出我拥有的全部。你满月后，我主动请缨去贫困地区做“第一书记”，为那里的孩子打造一片全新的天空。陪伴你一月余，心中便满是不舍。你也许不曾想过，我这七尺壮汉、钢铁直男也会想你想到泪眼婆娑。

扶贫事业困难重重，我也曾在夜深人静时扪心自问，到这落后艰苦的地区图什么、为什么？一想到你，我像是有了全新的答案。我要敢于担起这沉甸甸的职责，等你长大成人后带你来到我奋斗过的地方，自豪地告诉你，这里美好的一切都融入了你父亲曾经的呕心沥血和苦心经营！我会用行动教育你，男人这一生最大的成就是担起家国天下的重任，用自己的心血浇灌事业，造福这一方百姓！

李浩

2018 年 8 月

·篆刻 归·

“这时，小月月却突然哭了起来，这很出乎大家的意料。”

张巍婷写给母亲

张巍婷

■2018 年 5 月至今，由国家信访局选派到河北省海兴县苏基镇张常丰村任第一书记。扶贫期间，曾获 2018 年度“全国三八红旗手”荣誉称号，2019 年河北省脱贫攻坚贡献奖，2018 年、2019 年河北省优秀驻村第一书记。

此信是在看到自己帮扶的 13 岁小女孩能够开口说话时写给母亲的，从信中可以看出她是多么地高兴。

母爱的含义

亲爱的妈妈：

3个多月没和您见面了，特别想您。忙完今天的扶贫工作，已近子夜时分，但我丝毫没有睡意，因为村里那个曾经一言不发的贫困女孩儿小月月，在我的帮助下，今天终于开口说话了。我特别特别高兴，也特别特别有成就感，所以迫不及待地想把这种暖暖的幸福拿出来与您分享。

上午，我到贫困户王大爷家走访。他家的情况比较特殊，儿子外出放羊，只知道让羊吃草，却不知道一共有几只羊，所以丢羊的现象时有发生。他儿媳妇没有生育能力更没有交流能力，每天就是自言自语地蹲墙根儿晒太阳。小月月是他的外孙女，智商上是正常的，所以一出生就被他要过来，计划养大后，让她养活这一家子人。妈妈，我很同情这个13岁的女孩，她的人生不该被这样规划啊！

王大爷的院子里养了三条狗，有人路过就会狂吠不止，这就是他保护家庭最原始的方式，也使得这个家几乎与外界隔绝。王大爷也很少跟小月月说话，只是对她看得很严，上下学都是骑着破旧的自行车亲自接送，生怕丢了，更不让她单独出门。她的眼神里总是充满了自卑和胆怯。从小学一年级到现在的六年级，从没说过话，无论你怎么和她交流，都是一言不发。妈妈，这对于一个花季少女，是件多么不可想象的事情啊！

我第一次见小月月时，发现她脖子上的灰像裹着一个“小黑脖套”似的，就带她去洗了澡，让她做个干干净净的女孩；第二次见她，给她送了一些橡皮泥，还和她一起捏了好多造型，那次我感觉

到了她的开心；第三次，给她买了一条围巾，给她戴上去，发现她真是个漂亮的女孩儿；第四次，去学校找她的班主任，到教室见她和她的同学们，请大家帮助小月月；第五次，和小月月一起包饺子、吃饺子，发现她擀的饺子皮儿可好了……在之后的见面中，她总是喜欢依偎在我的身旁，和我特别亲近。

中午，我请小月月和王大爷到县城吃了顿自助餐。这是小月月第一次进餐馆，她的眼睛里充满了好奇和欣喜。我教她怎样取餐，告诉她自助餐可以随便选，但是不能浪费。吃饭时，她坐在我旁边，看她盘子里的菜没了，就鼓励她自己去取餐，我在旁边陪着。尽管她仍然显得拘束，但还是自己取了菜，还给自己接了一杯饮料。妈妈，这些可都是她人生中的第一次，看得出她既拘谨又开心。

在北京中央和国家机关工委工作的一位张大姐给她捐过好几次钱，这次把小月月送回家时，就顺便把张大姐这次托我带给小月月的 200 元钱交给了王大爷，用来给她买些学习和生活用品。这时，我发现小月月突然有了想说话的冲动，一个劲儿地冲我点头，我立刻耐心鼓励小月月把想说的话说出来。努力尝试了几十遍后，让人高兴的是小月月终于以极其微小的声音，把这句发自内心的话说出来了。她一边说，我一边给她录视频。看到视频里，小月月能够把“谢谢张阿姨，我会努力的，请您放心！”这句心里话完整地说出来，我别提多高兴了，激动地搂着她说：“小月月可以整句地说话了，而且说得这么好，阿姨相信你可以做得更好！”我相信，北京的张大姐看了也一定非常开心、欣慰。

这时，恰巧有位做过老师的县委干部同志在场，我就对小月月说：“这位叔叔曾经是语文老师，你把课本找出来，让叔叔教你读课文好不好？”这位同志也很用心，也是一个字一个字地反复教她读。

小月月很努力，最后当她把一个自然段完整地读出来的时候，大家都激动地鼓起掌来，王大爷也高兴地咧着嘴一直笑。这时，小月月却突然哭了起来，这很出乎大家的意料。瞬间，我们明白了，这个孩子压抑得太久了，这是她人生中第一次完整地说话，第一次完整地出声读课文，她觉得她和别的孩子一样了，怎么能不激动呢？

今天小月月能开口说话、读课文，我觉得比接到任何扶贫农产品订单都高兴！虽然是一件扶贫小事，但却感到特别幸福！我要和这个女孩结对子，与大家共同规划她的学业、工作和生活，努力改变她的现在和未来，为她打开一扇窗，铺开一条路。在精准脱贫奔小康的路上，一个孩子也不能少！

亲爱的妈妈，我觉得小月月是幸运的，她遇到了这个伟大的时代，是党的精准扶贫政策的亿万受益者之一。她的人生将因此而改变，一定会成为一个幸福的人，面朝大海，春暖花开。作为一名中央单位派来的扶贫干部，我会努力把这种幸运和改变带给更多的人。我真心感谢妈妈的理解、支持，恳请您多保重身体！在村里挺好的，勿念。

恭祝

大安！

女儿：巍婷

2019 年 7 月 25 日

·油画　同行的丹顶鹤·

“我回京已经一周了，忽然没有了小城市的宁静和乡土的气息，还真有点不太适应。”

赵晨阳写给父母

赵晨阳

■2015 年 5 月至 2017 年 6 月，由工业和信息化部选派到四川省南充市南部县挂职任县委常委、副县长，县委副书记。挂职期间，曾获中央和国家机关脱贫攻坚优秀个人、工业和信息化部优秀挂职干部、四川省南部县脱贫摘帽功勋人物等荣誉，2018 年被四川省南充市记个人二等功。

赵晨阳挂职结束时，工业和信息化部召开优秀挂职干部表彰大会，赵晨阳作为优秀代表发言。此信是参加表彰大会后写给父母的信。此前，父亲曾想到赵晨阳挂职扶贫地看一看，后因身体原因没有成行。此信作为赵晨阳的工作总结和体会向父母报告。

初心的传承

亲爱的父亲、母亲：

见字如面，二老的身体都好吧？我回京已经一周了，忽然没有了小城市的宁静和乡土的气息，还真有点儿不太适应。昨天参加了部里的表彰大会，我作为优秀挂职干部代表在部千人礼堂上发了言。回顾过去 2 年的挂职经历，收获颇丰，感慨良多。我之所以选择去挂职，一方面是按照习近平总书记的要求，到艰苦的环境去磨炼人的意志，提高处理实际问题、应对复杂局面的能力；另一方面也是有点私心的，是为了向爷爷那样的老一代县委书记靠近，感悟为人民服务的初心。

南部县地处川东北，是个山清水秀的地方，气候也像咱们老家江苏，时晴时雨，冬天没有暖气有点冻手，吃东西无辣不欢，这里的老百姓耿直又善良。还记得我刚来南部县时问过爷爷当年在县里是怎样开展群众工作，与群众打成一片的吧？那时的我的确不知道该怎样与群众拉近距离、开展农村工作。第一次下村给农户开“坝坝会”（当地的方言，指的是围在房前院坝开会），一个老大娘边听边摇头，我问她为啥摇头，她说你说的话我听不懂。南部有 71 个乡镇、2 个街道办事处，2 年时间里我已跑遍这些地方，挂联的乡镇更是一周去 2~3 次，去得多了，倾听的困难和协调解决的问题多了，慢慢地与农户的距离也就近了。现在我明白了不是语言通不通的问题，而是有没有想他们所想、急他们所急，真正帮助他们解决困难和问题。还记得我第一次下田插秧，农户们围坐在田埂上你一言我一语看稀奇，那一个上午我带领同志们硬是坚持插了 3 亩地的秧，上岸后几乎已经累得不能动弹，午饭却吃得异常的香，那一刻涌上心头的是一句“我知盘中餐，粒粒皆辛苦”。2016 年 6 月至 8 月，正值炎炎夏日，为了让贫困户能够有安全住房，我几乎每天都泡在乡镇，指导督促工作。那段时间你们看我微信中的照片都说我怎么又黑又瘦的。此后当我再次来到农户家里，看到他们从原来裂着缝的土坯房搬到砖瓦房后流露出来的喜悦，那一刻我突然理解了“大庇天下寒士俱欢颜”的心境。哦，还有，我在南部县组织帮扶的学生中，有一个去年考取了北京外国语大学德语系，她昨天还打电话告诉我这学期学业的情况呢。我记得小的时候爷爷说过，老百姓是最淳朴的，你真心帮助他，他就会巴心巴肝地对你。在南部县的 2 年，我每一天的日子都过得充实而快乐，也收获了尊重和情义。这里的老百姓从开始的对我敬而远之到后来主动邀请我到他们家兑蜂蜜水给我喝，摘自家院里的土李子、土橘子给我吃，这种变化的情意让我倍感温暖。想起在拜访阿里巴巴总部的时候，与张根生书记在杭州早春小雨中一起吃路边摊、感慨人生的场景；想起县委宣传部长刘卫颖同志即兴朗诵《再别康桥》为我送行、回忆与南部县同事们一起并肩战斗的日子；想起每次回京遇见曾在南部县工作过的同志们依旧心系南部县的那份真情，这些都令我感动得热泪盈眶。

“帮扶南部是我部应尽的职责”，这是苗圩部长 2015 年 8 月在南部县向部汇报材料上的批示。挂职 2 年来，多位部领导和部相关司局领导莅临南部县调研指导工作，关心支持南部县的发展，让我虽然身处四川但从未感到孤单。南部县的脱贫攻坚工作取得了优异的成绩，作为工信部定点帮扶南部县的第 16 任干部，也是工信部 23 年倾情帮扶的见证者，我感到莫大的自豪和荣耀。幸不辱命，相信爷爷的在天之灵也会很骄傲的。

二老在我挂职期间没能到南部县，没能看到禹迹山大佛，造访三陈故里和三国文化遗迹，也没有品尝到正宗的四川火锅和嘉陵江鲜美的鱼，算是有点遗憾吧，我想将来有机会再和二老回去看看。

习惯了用电话和短信问候的方式，好久不写信，有些啰嗦了，最后还是祝二老身体康健，夏安！

此致

敬礼！

你们的儿子：晨阳

2017 年 7 月 4 日

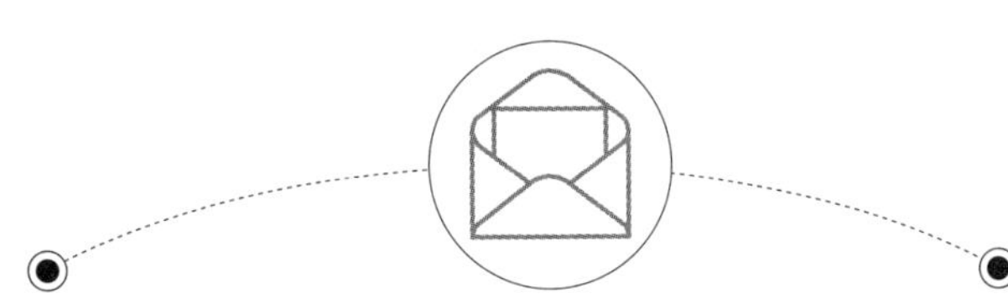

清风明月寄相思

“你一定要照顾好自己。

想想快两个月了，她现在能趴着抬头了，会笑了看上去跟你长得更像了。

向在祖国最东边升起的第一缕暖阳问好！”

妻子写给肖聂尊

肖聂尊

■2017 年 8 月至 2019 年 8 月，由原工商总局选派到黑龙江省佳木斯市抚远市通江乡东发村任第一书记。曾获黑龙江省脱贫攻坚奖贡献奖。

这是肖聂尊妻子在他驻村扶贫期间给他写的信。信中文字犹若清风明月般真挚高洁。

清风明月寄相思

亲爱的肖聂尊：

见字如面。

清风明月寄相思。

临窗望月，仿佛昨天你才刚踏上征程，远赴祖国的最东边——抚远，投身脱贫攻坚的工作。

时间一晃而过，你已去抚远半年多了。

此刻的抚远，气温是否又上升了一些呢？黑龙江江面上的冰是否都已全部融化了呢？你是否已习惯那边的气候了呢？

你一定要照顾好自己。

记得那个夜晚，我刚从外地出差回来，你突然紧紧握着我的手对我说："我过段时间要去抚远挂职了。"

我十分疑惑地连连问道："去哪儿？抚远？抚远在哪里？去多久？"

"抚远在中国的最东边，那里是我国最先看到日出的地方，黑瞎子岛也在那里。我去那边两年，我很想到基层好好锻炼，想为脱贫攻坚尽己所能……"你耐心地跟我说。

你可能不知道吧，那一刻我在你面前假装镇定，内心其实已是波澜起伏。

对我而言那是一个完全陌生的县域，你将到遥远北边，到遥远北边的农村工作。那里距离北京 2100 多公里，我将和你有着 700 多天的分离。

想起初认识你不久，你就跟我说过，作为农家的孩子，自己是在乡亲们的关心帮助下，一步步走出大山，现在到了首都北京工作。你非常希望有一天能再次回到农村，竭尽全力为父老乡亲们做一点实实在在的事情。

这是你珍藏在心中很久的愿望，如今有机会去实现，我想我应该做你坚强的后盾，支持你将这个心愿种下，让它生根发芽。

在你发回的视频里，看到你用为党员同志讲党课、开展党日活动、重温入党誓词等方式，带领大家一起深入学习贯彻党的十九大精神和习近平新时代中国特色社会主义思想。看到你走入每家每户、深入了解村民的日常生活，建立村电子阅览室、丰富农家书屋图书、拍摄宣传片等，不断提升基层党组织服务水平。

你已完全融入当地生活，成为一名抚远人，远方的我感到很欣慰。

前段时间你回京办事，非常担忧地跟我说："我们村的村民还是以粗放的种植方式、靠卖原粮，或者捕鱼为生。我所在的村，有部分村民因残疾、未成年子女丧父（母）等原因导致生活困难，他们又达不到建档立卡贫困户的标准，且不属于低保、五保、孤儿等民政救助的范围，相当于政策保障的'夹心层'。他们的经济收入很少，如果再加上生病，更是雪上加霜。另外，我们村里每年考上大学的学生特别少，都可以掰着手指头数出来。我想给这些大学生和今后考上大学的人以物质上的同步奖励和支持，进一步激发他们的内生动力，并鼓励村里的孩子们努力读书，通过读书改变命运。但我们村底子薄，无法拿出相应的资金来。"看着你那紧锁的眉头，不知道现在的你是否想到了解决良策，可以破解"夹心层"难题，让幼有所育、学有所教、劳有所得、病有所医、老有所养、住有所居、弱有所扶的想法得到了落实？

相信你依靠组织，依靠群众，一定会有办法解决好。

想想快两个月了，她现在能趴着抬头了，会笑了，看上去跟你长得更像了。你不要担心我和宝宝，我们都挺好的。告诉你一个好消息，我出月子了，身体也恢复得差不多，过几天带宝宝去东发村看你。

妈妈特意嘱咐我，要我跟你说："你在村里一定要勇于担当、牢记使命，全心全意为村民做服务、真心实意为村民做实事。一定不要忘记你也是从大山里走出来的，不要忘了那颗初心。"

我们希望你回来之时，村里的每一个人都已真正脱贫，你能带领村民们找到一条可持续发展的脱贫致富新路子。

向在祖国最东边升起的第一缕暖阳问好！

祝你一切安好。

此致

敬礼！

瑶琪

2018 年 5 月 10 日

·篆刻　只寄得相思一点·

“春暖燕来，有两只燕子每日飞入工作组驻地，盘桓低飞，呢喃啾啾。村里老人告诉我，燕子飞入屋中，会有喜事发生。如这送喜的燕子，愿疫情早日结束，春回大地。”

任敏写给妻子

任敏

■2018 年 9 月至今，由国务院港澳办选派到河北省石家庄市赞皇县西龙门乡尹家庄村任第一书记。

2020 年初，新冠肺炎疫情席卷全国，任敏选择逆行离家奔赴驻地参加抗击疫情和脱贫攻坚工作，与妻子分别数月后，写此家信，细诉挂职期间的所见所闻所感，寄托思念，并向妻子表示，自己将坚守阵地，脱贫攻坚不获成功，决不收兵，不负时代所托，在基层一线中历练干事创业本领，提高服务人民群众水平。

樱桃花下玉亭亭

荷月：

见字如晤，展信舒颜。

自正月离京，已数日未见，可安否？

虽疫情可怕，但历经风风雨雨、顽强生长在泥土里的村庄依然展现其温暖与乐观，我与自然万物一起复苏，一起在春日里生根发芽。每日穿行在村庄的大街小道、田间地头，与村中干部群众一道入户走访，宣传引导，抗击疫情，脱贫攻坚，其间感受着春日的杏雨梨云、莺歌燕舞、雨丝风片，周身的毛孔有说不出的舒畅，对物候的感知能力更丰富了。乡间工作虽苦，但与自然朝夕相处，却别有一番风味。

春暖燕来，有两只燕子每日飞入工作组驻地，盘桓低飞，呢喃啾啾。村里老人告诉我，燕子飞入屋中，会有喜事发生。如这送喜的燕子，愿疫情早日结束，春回大地。

所居庭院虽小，但仍有一番风味，两株樱桃树，一架葡萄，还有房东所种几类瓜蔬。两株樱桃树，怒放着洁白的樱桃花，暖风拂过，簌簌落下的樱花如雪霰，落满庭院方砖，加之远方飘来的杨柳絮，体会到了李商隐“昨日雪如花，今日花如雪”的诗情画意。恍惚间看到了你徘徊在树下，“樱桃花下玉亭亭。随步觉春生。”

驻村扶贫一年有余，于你亏欠最多。你一人独自在京，常加班夜归，我难免担心，有时联系不上你，容易焦躁不安，按不住脾气，脱口几句重话，惹你愤懑，虽不是本意，但仍望见谅！每次与你分别，你口中虽然说支持我工作，但眼神中的不舍和眷恋，却溢于言

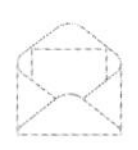

表，每念及此，心中有无限歉疚，谢谢你默默地付出，谢谢你从未因分离而埋怨于我，谢谢你一直站在我背后支持我、鼓励我。

在赞皇县参与脱贫攻坚，对于刚踏入社会的我而言，意义非凡。赞皇人民勤劳朴实、真诚善良，在与他们朝夕相处的日子里，我收获了一生的财富。这几天我一直在学习《习近平总书记在决战决胜脱贫攻坚座谈会上的讲话》，对脱贫攻坚有了更深刻的认识，今年是脱贫攻坚的决胜之年，责任重大、使命艰巨，我将不负你的支持与鼓励，不忘初心、牢记使命，坚定信心、继续奋斗。正如我在去年工作总结中所言："能够在人生起航时深深扎根在这芬芳的沃土，参与脱贫攻坚这项伟大的工程，是我的幸运，我相信它将赋予我前行的动力，与有荣焉。"

去年秋天你来村里，我们一起去村小学探望孩子们，你与她们玩耍的身影还历历在目，前几天，孩子们来到工作组驻地，向我询问你什么时候能再来，我告诉她们："等脱贫攻坚胜利了，你们的荷月姐姐还会来和你们一起玩耍！"

昨日夜归，在漫天星斗、一轮钩月下，无意间发现庭院中的葡萄已结出珍珠大小的果实，珠圆玉润、青翠欲滴，即将收获的喜悦涌上心头，我想，带着全面打赢脱贫攻坚战的胜利果实与你相见的日子又近了。

写毕，思绪万千，推门而出，樱花落尽阶前月，晚风正清明。

任敏
2020 年 4 月 20 日夜
尹家庄村工作组驻地

“驻村第一书记打通了服务农民的最后一公里，真正把党的关怀送到了村民身边，把公平正义送到了他们身边。”

范国盛写给妻子

范国盛

2015 年 9 月至 2017 年 8 月，由中国井冈山干部学院选派到江西省鄱阳县游城乡花桥村任第一书记。曾获江西省优秀第一书记称号。

以下是他在即将结束驻村扶贫工作时写给妻子的一封信。

可爱的中国，可爱的你

亲爱的妻子，您好！

又是二十多天没见面了，想着月底就可以回家了，心里还是挺欢喜的。来花桥扶贫已经快两年了，感触最大的是：我们促进了村里的公平正义，让群众切身感受到了党的温暖。

记得我刚到村里时，村子里贫困户评定工作已经完成。在我们的要求下，对照贫困户的评定标准也进行了几次小范围调整，并且村干部也都拍着胸脯说，绝对的公平公正。但是，没想到等我们张榜公布时，马上就有村民把公示的贫困户名单撕掉了，并且我也接到几个村民电话反映评定不公。在我们的调查和坚持下，我们对贫困户又进行了重新的评定，评定以小组为单位，召集所有小组的所有村民，一家一人，现场开会，公开透明进行评定，评定后公布名单，有异议的当场提出质疑。

有一次，村里一位老党员，六十多岁了，腿脚不是很灵便，有一天，他提着裤腿，露出小腿对我说："范书记啊，你看我这条腿，我还不要评贫困户啊？"当时，我很镇定。我详细询问了他的情况，他有个儿子，在街上做了一栋四层楼的房子，并且有个孙女被录取在香港大学读研究生。于是，我先是表扬老人家有福，再把贫困户的评定标准和他解释了一下，然后会同村干部告诉了他不能评为贫困户的原因，经过一番解释，他也理解了，也很愉快地回家了。

通过公开透明的民主评定程序，以往认为村干部暗箱操作、偏袒不公的声音也没有了，村民们的心气儿也顺了。不患寡而患不均！公平正义就像阳光空气一样，一旦缺失，整个社会必将腐败溃烂。作为派驻的

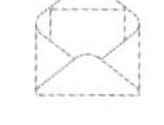

第一书记，确实可以摆脱村干部沾亲带故的亲情利益纠葛，从而做到独立公正，让村民更好地感受到公平正义。这是我在农村扶贫最大的感受。我可以自豪地说，驻村第一书记打通了服务农民的最后一公里，真正把党的关怀送到了村民身边，把公平正义送到了他们身边。

在村里工作的第二点感受就是每天的生活都很充实。在我们的努力和争取下，村里的道路修通了，村委会大楼也建好了，还有大棚蔬菜、河道清淤、洗衣池、排水渠……村里面貌焕然一新，真有点方志敏在《可爱的中国》里说的，到处都是活跃的创造，到处都是活跃的生机。村民的幸福感和获得感明显提升。

在村里，我跟村干部也学到很多东西。有好几次，村支书和村主任带着我去做纠纷调解工作。农村因为宅基地纠纷以及小两口吵架的还真有不少，这方面的工作，我不是很擅长，只好跟着村书记村主任认真学习，学着学着，也觉得做群众工作是件非常有意义的事。

最后我要说的是，在我帮扶的一户贫困户中，他们家有个女儿比我们女儿稍大点，长得甚是可爱，每当看到她我就想起我们可爱的女儿。我刚来扶贫时，我们的女儿才两岁多一点，现在已经四岁多了，我们的二胎年底也快生了，想想时间过得真快。我很惭愧，无法在你们身边照顾你们。不过想到月底应该可以回家了，能够很快见到你们，心里的负罪感便稍微减轻了一些。今天就写到这吧，期待早日见到你们！

敬祝安康！

您的丈夫：范国盛

2017 年 6 月 23 日

“现在是国事在前，扶贫事大，不能两全，总得有所取舍。面对组织的信任、脱贫的责任和村民的殷切期盼，我也唯有留下来继续战斗。”

弓弢写给妻子

弓弢

■2018 年 3 月至今，由国家税务总局选派到青海省民和县大库土村任第一书记、扶贫工作队队长。扶贫期间，2019 年被青海省委、省政府评为“全省脱贫攻坚先进个人”，2020 年入选共青团中央“全国向上向善好青年”候选人。

下面是弓弢写给爱人韩绍莉的一封信。写信时，他决定延期接着驻村扶贫。此前他们结婚后一直两地分居，2017 年好不容易相聚在北京，半年后，弓弢又远赴青海担任驻村第一书记。

为爱留下

亲爱的老婆：

见字如面。

刚刚做了一个决定，使我感到无比的沉重，凝视着白纸，一时竟不能落笔。从我来青海挂职到现在已经过去整整711天了，离我扶贫期满也只有不到20天。我知道你是一直掰着手指头在算日子，盼着我早点回去。今年我们就结婚七周年了，在这几年里，我们一直分居两地、聚少离多，在一起生活的日子竟不足一年。午夜梦回，扪心自问，从你怀孕生子到独自带着孩子在北京，我真是亏你良多、心中有愧。反思回味，就更能理解你的不易和苦楚，不能为外人道的艰难。

然而今天，我却做了这个决定：响应组织的号召，延期一年留在青海继续驻村扶贫。老实说，我做了很激烈的思想斗争，你这两年非常辛苦，儿子今年就要上小学，爸妈年龄也越来越大，身体也越来越不好……这一切的一切，都让我很想你们，很想回到你们的身边，更多地能照顾到家里。但是，原本正常的轮换却被突如其来的疫情打断了。

新冠疫情来势汹汹，我又处在村里抗疫一线，短时间内不太可能有人来接替我，轮换的同志短时间内也不可能很快上手。然而，疫情就是命令，时间就是生命。村上虽然没有出现病例，但是每天都有返乡的村民，防疫物资也非常匮乏，即使我已经争取到一批消杀物资，但还远远不够。受疫情影响，村民的损失也很大，养的牛羊没有销路，开的拉面馆不能开张，被困在家里不能外出打工……

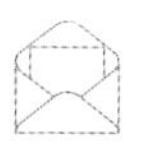

看着大家一张张愁眉不展的脸，我真的是急在心上。

回想这些年在村里的点点滴滴，从最初的语言不通需要“翻译”，到后来熟练地与村民“喧一喧”，我也习惯了上炕，喝起了熬茶，操起了你常常嗤笑我的“青普”。热情的村民常要拉我去家里吃饭，而孩子们则嬉笑着打问外面的世界，他们家里有什么大事小情也总想拉着我合计合计。我已经不知不觉彻底融入了村里，现在他们有急有难，作为第一书记，我怎么能在这个紧要关头离开呢？

或许你会说，说不定换了人会比你做得更好。也许是吧。但是我确实有点不太放心，担心努力争取的一批医用口罩不能及时到位，担心为村民协调的一批农资出现岔子，担心联系的牛羊肉扶贫订单出现纰漏，担心之前引导拉面馆通过外卖恢复营业的办法不能带动更多村民……太多的担心和不舍迟滞了我的脚步，两年的心血和汗水，我不希望在今年这个脱贫攻坚决战决胜的关键之年，老百姓遭受任何不必要的损失。

写到这里，想必你也能感受到我此刻内心的矛盾和波澜，这也许是我们所有扶贫干部都面临的两难抉择。我没能及时回到你和儿子的身边，回到我们的小家，让你失望了，辗转反侧，梦醒时分，我心里也是满满的愧疚。真的希望能得到你的理解和谅解，余生用心陪伴来弥补一二。但现在是国事在前，扶贫事大，不能两全，总得有所取舍。面对组织的信任、脱贫的责任和村民的殷切期盼，我也唯有留下来继续战斗。

现在，我只能期盼着疫情尽快过去，你们暑假能来青海度假，到时候带你们去美丽的青海湖，去门源看油菜花，去祁连看奇特地貌，等等。还想带着儿子看看村里的状况，庄稼地的生长，了解村民现在的生活，我想这些应该会给儿子带来很不一样的人生体验。

最后切记，你们在北京一定要做好防护，保护好自己，因为你们的平安健康是我最大的牵挂。

我在这边一切安好，勿念。

爱你的老公
于青海民和县大库土村
2020 年 2 月 29 日

·篆刻　不忘初心，牢记使命·

“还记得你出生的时候，村里正在接受县里组织的脱贫考核，爸爸没有在医院里陪着妈妈，当时你的妈妈并没有埋怨爸爸，并且嘱咐爸爸要把工作做好，多为老乡们做实事。”

刘伟光写给妻女

刘伟光

■2017 年 2 月至 2019 年 6 月，由北京理工大学选派到山西省吕梁市方山县峪口镇桥沟村任第一书记。扶贫期间，带领村民群众实现整村脱贫、集体经济破零，获得方山县青年第一书记标兵、北京理工大学青春榜样等荣誉。

以下是刘伟光分别写给妻子和女儿的两封信。写信时，妻子患眼疾，写信鼓励妻子战胜病魔；女儿即将度过一岁生日，虽然不能当面祝贺，特修书一封，以期事后能够理解。

说说令人高兴的事吧

姣：

这两天和你视频，看到你的眼睛已经能睁开了，说明药物起了作用，一方面为你感到高兴，你终于走上了战胜病魔的第一步，并取得了初步进展；一方面也感到十分的愧疚，生孩子我没有在现场，孩子生下来后，我也没有尽到父亲的责任，孩子一直是由你和妈在照顾，最终害得你生了重症肌无力这种“怪病”，也直接导致了我们的大檬檬不到8个月，就要接受断奶这个事实。

说完了令人不开心的事，说说令人高兴的事吧。今年我们村的电商平台“桥沟小店”的销售额正式过万了，这个成绩和淘宝京东上的店比不了，但也是迈开了农村电子商务的第一步，以后不允许你再叫我们的小店为“皮包商店”了，我们是真真正正营业的农村微店。还有，我们今年的暑期学校也很成功，县里和镇里来暑期学校的人比往年翻了一番，周边几个村里的适龄学生几乎都来了，说明咱们学校的暑期学校项目在当地已经形成了品牌效应，也说明这里的家长越来越重视教育了，学校的“扶智”工作也有了一定成效！第三，我们的养鸡场要扩大规模了，后沟里笼养鸡舍已经搭建起来，什么时候你带着大檬檬过来，看看我们的“龙头产业”，作为山西人的你，一定会为我们取得的成绩而高兴！

文采所限，就不和你多说了！你和妈妈在照顾大檬檬的同时，一定要照顾好自己的身体呦！

等着我回来！

明

2018年9月17日

刘伟光

亲爱的大檬檬：

时光飞逝，一转眼，你已经从一个刚出生的婴儿变成了一个能够独立站立，能够咿呀学语，能够用手语和成人交流的小娃娃了，你即将迎来你生命中的第一个生日，爸爸提前祝你生日快乐！

现在，你已经能够听懂一些儿歌，看懂一些动画片了。我想你一定奇怪，为什么儿歌、动画片里面的家庭，和妈妈一起出现的一般都是爸爸，为什么在你的世界里，和妈妈一同照顾你的是奶奶，为什么你的爸爸很长时间才能和你见一面，为什么奶奶在不让你吃零食时经常跟你说，“给爸爸留的”。

爸爸现在正在从事一项最伟大的工作！打败贫困，是全人类的共同梦想，实现农村贫困人口全部脱贫，是中国共产党向全世界人民和历史作出的庄严承诺！在你降生的几个月前，爸爸响应号召，从繁华的首都来到了吕梁山上的小山村——桥沟村，这里没有城市的喧嚣，没有熙攘的人群，只有一群淳朴而又渴望致富的老乡。

在各级党委、政府的领导下，在北京理工大学（爸爸的工作单位，也是爸爸和妈妈的母校）的帮扶、社会各界的支持下，桥沟村利用 8 个月的时间，整合资金 165 万元，在后沟的 110 亩土地上栽种 6268 棵果树、散养 2000 只蛋鸡，建成了“林畜结合”综合性采摘果园；以方山县整体强化基础设施建设为契机，建设了村卫生室、图书室、乡村 e 站；完善已经投入使用的蔬菜大棚收益分配方式；继续开设暑期学校；实现了村集体收入 6 万元。当然，这些内容你现在一定还不会明白，那么下面这句话，你以后会记住：在你出生的时候，这个贫困村实现了脱贫。还记得你出生的时候，村里正在接受县里组织的脱贫考核，爸爸没有在医院里陪着妈妈，当时你的妈妈并没有埋怨爸爸，并且嘱咐爸爸要把工作做好，多为老乡们做实事（这句话，我想以后你会懂，也会这么做）。

一年又过去了，桥沟村又发生了改变，线上商城“桥沟小店”正式开始营业；“林畜结合”综合性采摘果园散养的蛋鸡开始产蛋并且在线上开始销售；笼养蛋鸡项目正式启动；村图书室安装了20多台电脑，补充了2000册图书；村文化活动中心增添了很多体育设施；老乡们靠自己努力致富的意识也越来越强了。相信你和妈妈、奶奶一定会和爸爸一起，为桥沟村的变化感到高兴。

不过，爸爸要再一次和你说对不起了，你的第一个生日，爸爸可能又不能和你在一起了，今年方山县计划整体脱贫，村内还有很多工作需要完善，还有很多档案需要整理，这里需要爸爸！

大檬檬，也许很久以后，你才能理解这一切，也许你根本记不得爸爸在你小的时候并不在你的身边，但是等你长大了，你一定要孝顺自己的妈妈和奶奶，是她们在你最小的时候寸步不离地照顾你，你的妈妈因此还得了很严重的病。将来你可以说，我的妈妈和奶奶是最好的妈妈和奶奶，我的爸爸不是个称职的爸爸。

爸爸不求你原谅，但是你长大了，懂事了，一定要理解爸爸的事业，为人民服务，帮助有困难的群众，是一名共产党员义不容辞的责任，爸爸因为能够参与精准扶贫这一伟大事业而自豪，相信你也一定会为爸爸曾经参与扶贫工作而自豪！

爱你的爸爸

2018年12月24日

·水彩　印象新农村·

“生活的困难也有，只是相对的，比起北京来条件不好，但比起这里的村民，基本条件满足就行了，咱们本身就是老百姓，没有那么多讲究。”

夏成方写给妻女

夏成方

■2014 年 12 月至 2015 年 12 月，由全国总工会选派到山西省和顺县挂职任县委常委、政府副县长，全总扶贫工作队队长。2017 年 7 月至 2019 年 8 月任山西省壶关县五龙山乡水池村第一书记。扶贫事迹多次被《人民日报》、新华社、学习强国等媒体报道，2018 年 10 月被评为“中央和国家机关脱贫攻坚优秀个人”。

以下是他分别写给妻子和女儿的两封信。写信时，即逢元旦，也是女儿的生日。

生活就是要积极向上

老婆你好：

首先祝你节日快乐。19 年前的元旦，你正忍受着痛苦。从那时起，你就为了咱们家，一直辛劳，从未休息过。我们爷俩儿对你关心体贴不够，很惭愧。

时光真快，一转眼我们就从青春少年步入中年初起，孩子也好像转眼之间就长大了。回忆往事似乎我一直在忙工作，在家里也是坐着想事（呆坐，这时候你一眼就能发现）；你一直在忙活，风风火火；孩子一人在玩自己喜欢的剪纸人像、画画。如果真再来一遍，我情愿天天陪着你们，没有争吵，没有训斥。但回不去了，我们只能把现在的生活过好。还好，我们三人都有自己喜欢的事干，我们三人都在积极向上，多年付出有了回报，以后幸福会更多。

唯一不足的，就是没有对父母更多尽孝。老人年龄渐长，尽孝心的时间越来越少了。如果有可能，首先把孩子姥爷姥姥接到北京，到了春天，要是我不到山西来的话，我就能接过去多帮你照顾照顾。要是再等到 2019 年我回到北京，时间就有点晚。这方面，应给孩子作表率。孩子爷爷奶奶身体尚可，跟着大哥，暂时还可放心。

村里老百姓对我挺好。农村的问题你也清楚，鸡毛蒜皮的事不少。但咱只要公平公正，也不会麻烦。难度是如何发展，如何让老百姓挣到钱。全总领导都很重视，县里都很看重，如果干不出点样子，一是浪费了这两年时间，二是也交待不过去呀。所以，压力也是很大，有时晚上睡不着觉，想用什么办法把村管好，让村致富。生活的困难也有，只是相对的，比起北京来条件不好，但比起这里的村民，基本条件满足就行了，咱们本身就是老百姓，没有那么多讲究。假如皮鞋锃亮，衣服笔挺，老百姓还看不惯呢。老百姓议论：夏书记穿得还不如咱们好呢。我觉得这样更能拉近距离。

村里太冷。屋里点了两个电暖器，温度能上到近二十度，不冷。只是洗漱不方便，需要从楼下提水，卫生间在楼下广场一角。前几天冻得腰疼，后来缠上护腰，注意保暖，可还是不太管用。再后来我发现了原因，是厕所（露天旱厕），每天在寒风中冻两三分钟，什么腰也扛不住啊。所以，最近我一般都在中午解决，中午还能太阳晒着一点，暖和。

以上是今天上午写的，没写完，县里有检查的来了。陪着检查组到户走访，查看资料，迎接五号左右国务院扶贫办的评估验收。

与孩子交流不要苛求太多，也要注意引导方式方法，关键是平时的教育。大人尽心就行了。其实，孩子还是不错的。有时候我们看到的优点不多，认为她应该这样那样。看她平时也是挺追求上进的，多鼓励。我也给她写了一封信，交流一下想法。

本来想的一些事，突然想不起来了。窗外走街串巷的小贩用喇叭高喊："卖苹果——卖富士苹果，卖梨——卖大黄梨"。农村生活挺有意思，有时真想邀请你一起来看星星，在晚上，我们到处转转。

先到这儿吧。楼下办公室又有群众来了。

祝节日快乐。

永远当你后盾的老公。

老公

2017 年 12 月 31 日

元琨吾女：

你好。

首先祝你元旦快乐。孩子的生日也是母亲的痛日，也提醒你别忘了元旦这天祝妈妈快乐。

在这个信息化时代，通话、微信、视频等已成为大家常用的交流工具，写信似乎已经被淡忘了，但我觉得，信可以把我想说的话慢慢整理出来，你也可以随时拿出来看看，每次应该会有不同的感受（你看到这里，肯定又撇嘴了——切——）。所以，在 2018 年元旦来临之前，爸爸远在山西壶关的太行山之巅，一个小山村的夜里，给你写这封信，就通过信聊吧。

平时有好多话想和你说，一时又想不起来说啥了。回想上半年你成人礼时爸爸送你的“安平求礼”四字歌诀，我想依然有用，希望你能仔细品味。本想请你妈把四字诀百十来字写个手卷送你作为成人礼物，她对自己要求高，还在练习，以后会补上的。

你上大学快一个学期了，讲学校的情况不多，但言谈中，我们感觉你是比较上进的，在学校没有放松自己，还经常到各类剧场看剧，回家做作业也比较认真，没有有些大学生的松懈与浮躁，总体爸妈比较满意。这说明你已经有了一个良好的开端。如果以后能在学校多锻炼自己，回家不要太勤，在家少看些无聊的娱乐节目，特别是什么秀之类的，那就更好了。

大学阶段很关键，对人生的思考、“三观”定位以及未来工作方向，都起基础作用。正像习近平总书记说的，要扣好人生第一粒扣子。一开始扣不好，以后再调整就费劲了。

要有自己的理想，有计划有行动。理想体现在你日常的行动中，人有自己的理想，就会有自己的奋斗目标，也就有相应的行动。理想是对自己的激励，也是一种心理暗示，比如，你告诉自己做个优秀的人，各方面就会以优秀的标准要求自己，提高自己。大学，专业，都是你自己的选择，你有自己的梦想，也正在朝着这方面努力。上次你与王潮歌见面，并作了充分准备，说明你是追求上进的，也善于动脑子。希望你继续坚持理想，不要放弃。当然，这个过程可能很累，要舍去很多看似美好的东西。

学会处理周围的关系。现在的关系无非是师生关系、同学关系。处理关系越简单越好。不要苛求，不要刻意地讨好别人。平等对待一切人，不卑不亢，无论不如你的，还是比你强的，都要尊重。交流、处理关系要讲艺术，不要伤害别人的自尊，要给别人留有空间，要减少对自己的不利因素，增加有利因素，多栽花，少挑刺。

学会保护自己。最近江歌案引起了大家的广泛讨论。要慎重交友，自私自利、人品不好的人，患巨婴症的人，更不要来往。学会拒绝，勇于说不。要记住，生命安全永远是第一位的，相比生命，其他都不重要。保持安全的办法就是远离危险，不要认为自己有能力抵抗危险，也不要存在侥幸心理，试图挑战自己的能力。无论什么危险，父母永远是你的后盾。

锻炼自己，提高自我生活能力。你总要离开父母独立生活的，所以，从现在起就应该学会自己处理自己的事情，学习与生活如何安排。别老想着有老爸老妈，我们不可能永远照顾你。所以，学会独立思考、解决问题，在家也要自己洗衣做饭，不要依赖妈妈，提高将来生活的幸福指数。家务本身是有乐趣的。学会珍惜，钱用在正当的学习上，该花的钱一定要花，但花了一定要用好，不要浪费。

照顾好妈妈。女儿是妈妈的小棉袄。由于工作原因，咱俩在一起的时间不是太多。从小到大，基本都是妈妈在陪伴着你，妈妈对你付出的最多。妈妈也是很要强的人，有能力，为了你，她放弃了很多。咱们两个都应该感激妈妈。你上了大学，要力所能及地帮助妈妈、照顾妈妈。妈妈有时候好嘟囔，你也不要计较。有时候就是一句温柔的话，一个笑脸，一个撒娇，说几句好话，妈妈会高兴一天。多给妈妈交流，聊聊学校的情况，说话注意语气，声音不要太大太冲。妈妈不如年轻人懂得多，也不要笑话妈妈，要理解她。最近，你晚上看剧，妈妈担心你的安全，都要去接你，你路上也要照顾好妈妈。

还有半个月你就放假了，这段时间集中精力把期末考试准备好，争取每门课都做到最好，这也是实现你梦想的一个台阶。

再聊聊我们村吧。老百姓挺好的，对爸爸都挺好。老百姓对干部要求不多，你多给他们说说话，串串门，多笑一笑，他们就觉得你人好。反而是我们干部为他们做的不够多。

这里冬天条件不是太好，冷，洗漱不方便，我还能住得惯，不觉得苦，老百姓更苦。你妈说放寒假想来村里，我建议她不来，来了不方便住，没有多余的电暖器。夏天来这里比较好，凉快。

其他的，暂时想不起来了，抽空再聊吧。

老爸

2017 年 12 月 30 日夜

·摄影　在希望的田野上·

“就在我不安失落之际，你说，‘放心去吧，我等你’。一句‘我等你’，让我吃了定心丸，义无反顾地一头扎进盛郢村。”

杨乔伟写给妻子

杨乔伟

■2015 年 10 月至 2017 年 10 月，由国家粮食和物资储备局选派到安徽省阜南县洪河桥镇盛郢村任第一书记。曾获中央和国家机关脱贫攻坚优秀个人、安徽省优秀选派帮扶干部标兵、阜南县优秀村党支部书记等荣誉称号。

杨乔伟驻村时，与顾欣认识不到 3 个月。扶贫工作两年里，他们相识、相恋、相爱直到走进婚姻殿堂。后来，他们的孩子取名杨安。安，即是安徽的安。

你就这样嫁给了我

亲爱的欣：

夜已深，你已经睡了吧？想和你视频聊天，但回到村室已经太晚了。还有不到半个月，我就要回京了。写封信给你，给我们两年的两地时光画个句号，也给我驻村扶贫的日子画个句号。

很快就要回去了，你肯定很高兴吧。而我既非常兴奋，又有些惆怅。兴奋的是，我们可以朝夕相处、两厢厮守了；惆怅的是，越到离开的日子，越发难以割舍盛郢村的一切。

这几天，我与盛郢村的乡亲们告别，与我帮扶的贫困户们告别。我和乡亲们有说不完的话，从他们的眼神里看到了依依惜别。这些话语和眼神，让我再一次觉得，我来得值！

虽然有些惆怅，但我没有多少遗憾。没有遗憾，是因为我想做的都做了，我能做的也都做了。在精准扶贫的征程中，我和干部群众一道，尽我们的全力，使盛郢村如期脱贫出列，使贫困群众的日子越来越有奔头。我可以自豪地向你说一声，我出色地完成了自己的任务。

如果说真要有什么遗憾，那唯一的遗憾就是这些年亏欠你太多了。说来也巧，我两年驻村扶贫的日子，基本和与你相识、相恋、相爱的时间线重合。这两条并行走着的线，现在就要交汇了。

2015 年 10 月，当我告诉你我要去安徽阜南县贫困村当第一书记时，你流泪了。你说，我们认识还不到三个月，你却突然说要去村里扶贫，这不早不晚的该如何是好啊！就在我不安失落之际，你说，“放心去吧，我等你”。一句“我等你”，让我吃了定心丸，义无反顾地一头扎进盛郢村。

我们的感情经受住了时间和空间的考验，结出了丰硕的果实。谈婚论嫁的时候，也正值我扶贫工作最忙的时候。你给我们的婚事定了调，一切从简，不能影响工作。没有太多的花前月下，没有浪漫的蜜月旅行，婚后就开始了“两地分居”，你就这样简简单单、从从容容地嫁给了我。

无论是恋爱时还是结婚后，无论是电话中还是视频中，不经意间我跟你聊得最多的是阜南，是盛郢村。你说，阜南简直成了我的第二故乡，我对安徽这么有感情，将来我们有了孩子，不管是男孩还是女孩，名里都加一个“安”字吧。我说，好！

两年时间不长也不短，我觉得我们都有了很大的变化。刚认识你时，我觉得你是一个在爸妈呵护下长大的乖女孩。现在的你，会换灯管也会修马桶，还会照顾我们的父母。你说我也变了，从一个带点书生气的小伙子，变成一个既接地气又能独当一面的基层干部。是啊，我们都成长了，这也是扶贫工作给我们的额外奖励吧。

欣，扶贫工作快要结束了，我想对你说，没有你的鼓励和支持，我不会干得这么勇敢，也不会干得这么好。两年的扶贫时光锻炼了我，也塑造了我们，我们应该为生在这个伟大的时代而由衷喜悦。

两年时间过去了，我们向盛郢村的父老乡亲们交出了一份合格的答卷。未来的日子里，让我们好好生活、认真工作，书写新的篇章吧。

乔伟

2017 年 10 月 12 日

“以前的人们，啥也没有，一封信就是一生的期许与守候；我呢，就想一笔一划写一封信给你；让你知道在这个世界上，会有一个人一直用这样古老又忠情的方式爱着你，会有一个人坚持着你的坚持，守候你的守候，执着你的执着……”

妻子写给李本源

李本源

■2019 年 8 月至今，由新华社选派到贵州省石阡县大坪村任第一书记。2020 年 7 月 1 日，被中共贵州省委授予“全省脱贫攻坚优秀村第一书记”荣誉称号。

两封信中的第一封是李本源生日当天收到他的妻子给他写的信。为了给李本源一个惊喜，妻子以手书家书的方式作为生日礼物表达相思、爱意，鼓励以及期盼。这封信也更加坚定了李本源打赢脱贫攻坚战的信心和决心。第二封是其父写给他的。

千里万里为你写情书

我的爱人：

生日快乐！

不远万里却浓情蜜意的生日祝福信，此刻你终于看到了。以前的人们，啥也没有，一封信就是一生的期许与守候；现在的人们，什么也不缺，随手就可以发无数篇电子信，可却常常失约，常常守不住彼此的心。我呢，就想一笔一划写一封信给你，不打草稿，随心动笔，然后悄悄寄给你，就当做是生日惊喜，让你知道在这个世界上，会有一个人一直用这样古老又忠情的方式爱着你，会有一个人坚持着你的坚持，守候着你的守候，执着着你的执着……千里万里为你写一封“情书”。

这是多么难忘的一个生日啊！虽然我不在你的身边，虽然无法亲手为你做一碗长寿面，但身在繁华而嘈杂的北京的我依旧与身处僻静山间的你相守相望、相依相伴。虽然没有我们为你点亮生日蜡烛，可当你看到亲爱的大坪村亮起灯火那一刻，应该会感受到一份别样的生日温暖吧。仿佛这个美得像画卷一样的地方，在对你说，本源，有幸与你相识，有幸与你共度今日。

梵高说，每个人心里都有一团火，而路过的人却只看到烟。幸运的是，我不是你的过客，我可以看到你心中那团“火焰”，我知道当你背起行囊独自奔赴“山海”时虽有不舍，却更有决心，你是要做一件靠近你梦想的事，做一件此生难忘的事，做一件真正有情怀更有意义的事。所以，虽然困难重重，我也与你并肩携手。只是，日子久了，还是会担心你的安危，牵挂着你的身体。你总是奔走在

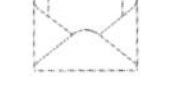

山间民户，微弱的信号阻隔了你我的联系，我那无处安放的心，每天每日都在盼着手机振动，盼着你平平安安的消息。慢慢地，我知道了，知道那里有和你一样不怕吃苦志同道合的伙伴，知道了那里有朴实无华爱戴你的村民，知道那个云朵绕山的小村庄早已成为你的第二故乡，我的心也终于放了下来。你也要放心我，我这里一切都好。我们都要坚守住彼此的“阵地”，去守护我们该守护的人。要怀着敬畏之心，感恩之情，更好的去生活、去工作、去拼搏、去爱。

每当看到你发来的照片，皮肤又黑了点儿，头发又白了些，脸上的皱纹也多了许多，我开玩笑地对周围的朋友说，我老公终于用实际行动将自己从 80 后变成了 70 后，可我的内心却很是心疼。尽管我们总说，要乐观地看待生活的境遇，可我知道，这些日子你付出了多少艰辛，倾注了多少心血。我看着本就不太健硕的你，日渐消瘦，心里有说不出的滋味。可每当听到你们的工作又有了新的进展，老百姓又多了一份收入的时候；听到你电话那头激情昂扬地讲着激动人心的故事，听到你发自内心的笑声的时候……我又为这一切感到值得，为你感到值得。谢谢你没有辜负你自己的承诺，全情地投入到光荣的事业中去，用心做事，用义做人，不怕困难，不惧艰苦。谢谢你将“不忘初心，牢记使命”融入血液，直至将这份坚持转化成一种忠诚！

此时此刻不在你身边虽有遗憾，但这份遗憾却使一切变得深刻。不能在这样的日子温情相拥，却可以感受那份万水千山也阻隔不断的深情，也算是一种美满。又长了一岁，我们距“白首不相离”更近了一步，想与你共度未来人生的每一个生日，每一个清晨与午后，想与你共享此后余生的每一份酸甜苦辣。未来，我们还有很长很长的路要走，所以，你不用总是心存愧疚于我，就像我前面说的，我读得懂你心中那团“火”，我愿意和你一起为了那团火焰燃烧自己。因为我们是最好的战友，是最坚不可摧的家人。你不在身边的日子，我一定会让这个小家有条不紊地运转，照顾好孩子们的衣食起居，也照料好他们的内心世界。就像我们当初说的那样，虽然爸爸缺席了孩子们生命中的这几年，但我们可以共同努力，让这次“缺席”成为孩子们成长的动力与榜样。所以请你放心，请你安心，更请你专心用心地投入到工作中去。在很久以后，我们对孩子们讲起这些故事，他们会理解爸爸的这份“大义”，会更加懂得什么叫责任感、使命感，会成为更有理想的人。

生日快乐啊！我的心灵导师，我的灵魂伴侣，我的战友，我的恋人，我的知己，我的伙伴，我孩子的父亲，我最爱的丈夫！愿你健康平安，勇敢地去追梦，大胆地去创造，扶贫之路任重道远，却也将成为你成长路上最难忘的“风景”。希望这道风景里，有绿水有青山，有你和伙伴们踏实坚毅的身影，有乡亲们收获的喜悦和老百姓们幸福的笑容。当然，风景最深处，还有小小的我和小小的孩子们，我们就在那里，始终如一地、静静地等你回家。

你的爱人
2020 年 7 月 31 日

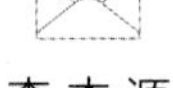

李本源

儿子：

虽然经常通过电话、微信联系，但我更想通过传统书信的方式与你进行沟通和交流。

组织上能派你代表新华社去贵州石阡县大坪村任第一书记，体现了组织对你的信任和厚爱。打赢脱贫攻坚战是习近平总书记向全世界作出的庄严承诺，你能成为一名脱贫工作的践行者，能参与到与时代同行的伟大事业中，是你的无上荣光，我感到非常的欣慰，也在分享着你的幸福和快乐，每想到此，我也为你感到非常地自豪和骄傲。

从你发来的图片和我们的日常交流中，我了解到，大坪村环境非常优美，但存在泥石流多发、蛇虫多、水土不服等困难，我和你妈妈也非常担心。你在工作生活中，一定要注意安全，安排好自己的生活，工作中和群众打成一片，多为群众办实事办好事，让自己真正的融入群众当中，群众才会信任支持你，把你当成自己人。

作为一名扶贫干部，作为大坪村的第一书记，在我们交流中你提到的茶文化产业、融媒体网上营销等想法和思路，比较契合当地的实际，希你做好落实。

马克思说过，如果我们选择了最能为人类工作的职业，那么重担就不能把我们压倒，因为这是为人类而献身。在扶贫工作中肯定会碰到很多困难，你一定要有坚强的信念，要想办法克服，不能见到困难绕道走，要有攻坚克难、敢于胜利的胆略和气魄，真要遇到困难，一定要和单位领导或有经验的同事进行沟通交流，谋求解决困难的策略和方法。也可以经常和我交流，我将用多年的工作经验给你做好参谋，当好后盾，我们共同把工作做好。

习近平总书记说：空谈误国，实干兴邦。再好的想法如果落不到实处，也都是纸上谈兵。具体的工作中，只要锁定目标，你就要咬定青山不放松，干一件成一件，成一件再干一件，用一个个群众看得见摸得着的实绩让大坪村的面貌发生质的改变，让群众得到更多的实惠，增强群众的获得感和幸福感。

是党员就应该是骨干，不是骨干不合格。如何发挥好党员骨干作用和支部的战斗堡垒作用，是抓党建促脱贫的题中之义。作为党的一员，你一定要注意自己的形象，严格要求自己，为群众做好榜样和表率。同时，要注重党员的管理和素质的提升，让每一名党员都成为脱贫攻坚的一面旗帜。

些小吾曹州县吏，一枝一叶总关情。群众利益无小事。你一定要在做好调查研究的前提下，从小事做起，从具体事做起，从群众最关心的事做起，根据群众的具体情况，分类施策，为群众排忧解难，通过你的工作，让老百姓说共产党好。

为什么我的眼中含有泪水，因为我对这片土地爱得深沉。你一定要把大坪村当成你的第二故乡，今天的努力以及酸甜苦辣，将是你明天美好的回忆。把我经常说的“成就每一天，幸福在身边”作为你的座右铭吧！

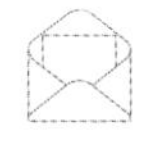

李本源

孝就是道，忠孝不能两全。你爷爷今年 87 岁了，摔伤住院治疗，由我们长辈们共同照顾，你不用牵挂。平时在忙中之余，经常给你爷爷通个电话，汇报一下你的工作，让他感到亲情的温暖，让他高兴，有利于他的康复和治疗。

我和你妈身体都很好，工作也很顺利，不用牵挂。

爸爸　李子武

2019 年 12 月 19 日

“这一年多，亲历暴雨山洪、生命逝去，见证郧阳脱贫摘帽、奋力拼搏，守护一库清水、穷尽办法，经历了突如其来的新冠肺炎、心灵拷问，山路多崎岖、车祸擦肩而过，老人重症手术、床前难尽孝，亲人离别、不得归，疫情防控常态化，有家不能回，你裸辞再就业，一夜添白发，小北学习顾不上，三岁小易‘相见不相识’。”

朱东恺写给妻子

朱东恺

■2019 年 2 月至今，由水利部选派到湖北省十堰市郧阳区挂职任区委常委、区政府党组成员。挂职期间，被十堰市记三等功，受邀参加新中国成立 70 周年庆典天安门观礼。

这是朱东恺在与妻子结婚十八周年纪念日写给妻子的一封信。

相守十八年，从“心”选择

巧：

今天是我们牵手十八周年的日子。十八年里，我们有几次较长时间分别，第一次是我在北京工作，你在南京读书；第二次是你去美国工作三个多月，我带小北逛遍北京博物馆；这一次我到湖北扶贫两年，你在北京独自照顾十岁的小北、三岁的小易。每次分别，家庭境况不同，我们都给予彼此最坚定的支持。

不惑之年，我做了一个艰难而又发乎于心的选择，你说“你去，我支持”，冥冥之中，预感到我可能是“最合适”的人选，于是来到了千里之外的南水北调水源地、道教圣地武当山下、水利部定点扶贫点湖北十堰郧阳。从“心”出发，将青春再次融入祖国的江河。

从 2004 年开始，有幸参与南水北调工程建设，全程参与组织 34.5 万移民世纪大搬迁，其中郧阳搬迁 6 万多人。2012 年在新一轮中央单位定点帮扶国家级贫困县时，因水结缘，郧阳区与原国务院南水北调办结对，我所在处负责具体联络。深感有责任让这片土地和生于斯长于斯的人们生活得更好。这次以两年“主人”的身份，再续与郧阳的十五年情缘，移民情、扶贫缘。在这特殊的日子，向你汇报一下一年多来的心路历程、所思所想。

这一年多，过得很不容易，又很有意义；过得很艰辛，亦很丰富；过得很匆匆，有时又很漫长。感恩、感谢每一个人、每一次遇见，伴我学习、助我前行。感恩、感谢组织给予平台，领导、同事关心帮助包容，让我实践、任我驰骋。更感恩、感谢你的辛勤付出、默默坚守，激励、鞭策我，不敢有片刻丝毫懈怠。

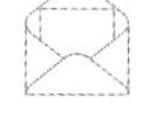

朱东恺

这一年多，亲历暴雨山洪、生命逝去，见证郧阳脱贫摘帽、奋力拼搏，守护一库清水、穷尽办法，经历了突如其来的新冠肺炎、心灵拷问，山路多崎岖、车祸擦肩而过，老人重症手术、床前难尽孝，亲人离别、不得归，疫情防控常态化，有家不能回，你裸辞再就业，一夜添白发，小北学习顾不上，三岁小易“相见不相识”。你给予极大的支持，承担了前所未有的挑战，而我远离家庭、远离北京，回首过往，不禁感叹人性的光辉、亲情的厚重。这一点上，我是自私、有所亏欠的。

这一年多，经历了一些事，接触很多人，从中学到、感悟颇多，有些还需要时间的沉淀，有些虽不舍也无奈。让我更懂感恩、坚守和保持本真，让我更懂与自己妥协，让我更多理解“道”“势”“场”的力量，让我更多学会尝试、分享和传递，更好理解思想淬炼、政治历练、实践锻炼、专业训练的极端重要性。

这一年多，我更加明白从哪里来、在哪里、往哪里去。初心和使命，坦然和释怀。有机会更多汲取大地的力量，感受泥土的芬芳。仿佛游子学成归来，回到儿时的故乡，努力寻找结合点、均衡点和着力点，为这片土地贡献智慧和力量；又仿佛是试着驰骋沙场的将士，排兵布阵、调兵遣将、运筹帷幄；又犹如一个“快递小哥”，或是一个“传递员”，连接北京与郧阳，传递精神、传递思想、传递力量。

这一年多，有很多瞬间、画面、场景，令人难忘。衣着破旧但流露贵族气质的大妈那句“真给我弄个贫困户，干气得很”，村上大妈说到脱贫，“人有千种，懂事的，心里明白”，村干部“只有不懂政策的干部，没有不讲道理的群众”。罹患重症老人的乐观，深山幽谷老大娘的精气神，老上访户清楚记得我走访三次的日子，如见老友的神情；看望义务守库40载的退役老兵，鼓励重症联系户上高二的孩子，独自一人清晨漫步进村，烈日下徒步巡河，扶贫日在贫困户家中搭伙，和四个年轻人畅谈，在村上第一次讲党课、面对党旗举起拳头宣誓，全区360个村支书轮训、启发村干部做“点灯人”，暴雨洪灾救灾现场，“朱毛会师、脱贫攻坚”，对着视频舔屏幕亲我的二胖，和老大洗澡时的父子对话，70周年国庆天安门现场观礼、激动的人群、挥舞的五星红旗，等等，历历在目、永刻脑海。

这一年多，疫情让我这“新湖北人”多了些扶贫之外不同的感受，打乱了原有的节奏，“局中人”，切身体会、细细品味。去年12月28至30日，在武汉对接工作；今年1月19至20日，陪同武汉来客；回京1月21日到复兴医院（爆出住院部34例感染新冠肺炎）给老人办出院手续。在随后的工作中，来往武汉，接待、接触大量武汉来客和往返武汉人员。赶上了，冲上去，坦然面对。疫情之下，社会、家庭的脆弱平衡暴露无遗，一场大考、一次检验。这段过往，让人心有余悸、恍如隔世。

这一年多，我拼命奔跑、用心学习，努力不虚此行。守住底线、心中有道，但行好事、不问前路。郧阳之行，是我的圆梦之旅，也是我们一起跑脱贫攻坚最后一棒，扶贫、扶己，渡人、渡己。扶贫路上，我们携手同行！

不负时光不负卿，不负春光不负己。

天长地久有时尽，此爱绵绵无绝期！

恺

2020年5月17日

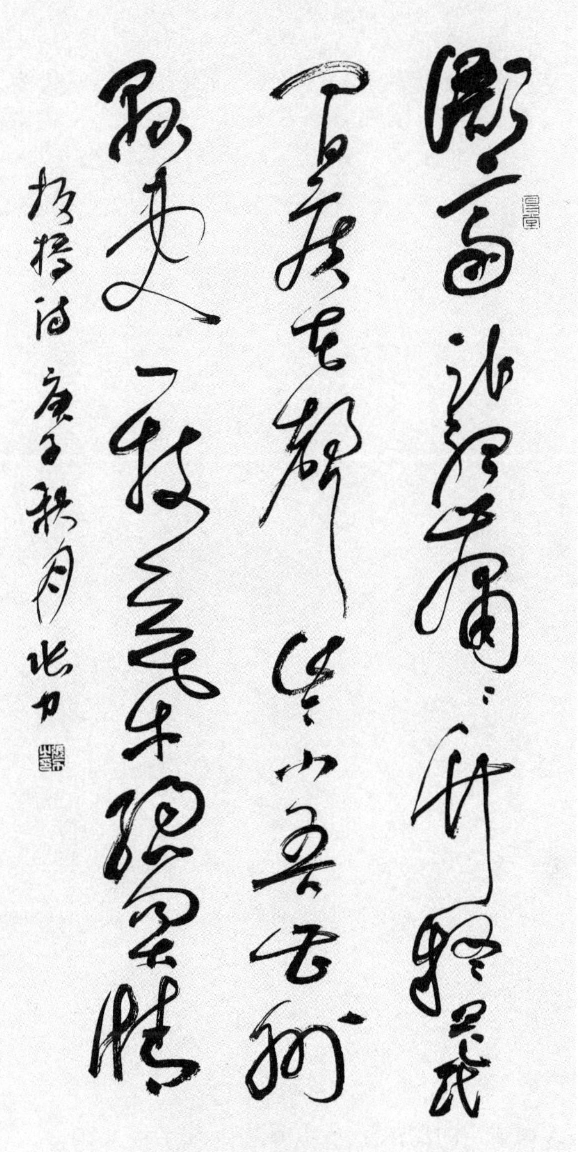

·草书　《墨竹图题诗》［清］郑燮·

衙斋卧听萧萧竹，疑是民间疾苦声。
些小吾曹州县吏，一枝一叶总关情。

“我在古丈一切都好，勿念。”

秦纲写给妻子并儿子

秦纲

■ 2019 年 11 月至今，由光大集团选派到湖南省湘西土家族苗族自治州古丈县挂职任县委常委、副县长。

他在扶贫之初，一个月内遍访全县 7 个镇 49 个村寨，行程 6000 多公里。以下两封信，一封是写给妻子并儿子的，信中虽大多讲了工作上的事，暖暖亲情融于其中。另一封是写给当地茶业致富带头人的，讨论了产业扶贫和企业发展有关问题，字里行间可见真挚友情。

古丈加油

亲爱的吾妻月、吾儿伦：

你们好！见字如面。

时间过得真快啊，从我春节后离开沈阳，一晃已过去两个多月了，我在古丈一切都好，勿念。

亲爱的月，你和儿子的来信收悉，你嘱咐我古丈地形山高路险，下乡下村一定要注意安全，嘱咐我做好疫情防控，注意身体健康。放心吧，月，这100多天古丈县委县政府率领全县不分昼夜严防死守做好抗疫防疫工作，取得了至今无新冠肺炎确诊病例的好成绩。健康确实非常重要，尤其对贫困地区的群众来说更为重要，我们集团董事长去年到红石林镇米多村深入调研村卫生室为村民看病需要解决的困难，得知村医诊疗服务能力弱、培训学习时间少等情况，现场办公提出集团将投入扶贫资金开发“智能诊疗＋远程医疗”健康扶贫项目，援助古丈县给各村卫生室配备全科医生助手机器人智能诊疗＋远程医疗系统。月，你知道吗，本项目30个试点村医生通过全科医师助手机器人已为村民群众提供诊疗服务18346人次，解决了部分村民看病难的问题。月，再跟你分享一下我的兴奋心情：因为集团今年继续加大对古丈的扶贫资金投入力度达3400万元，并且在“智能诊疗＋远程医疗”健康扶贫项目上追加投入，两年内拟覆盖全县，同时给试点村卫生室增加医疗设备和电脑、打印机，开通网络和医保系统，村民可以用医保卡挂号和开药报销，解决山区村民看病远、看病难的问题，实现在村卫生室“看小病、管慢病、转大病”，打造“光大健康扶贫的古丈模式”。你说，这是我们集团给老百姓做的多好的实事啊！我能不兴奋吗？

亲爱的儿子，你在信里从大学生的敏锐视角建议我要多关注各种网上直播带货活动以应对疫情影响下的产品销售，并做了相关分析：一是虽然疫情让社会按下“暂停键”，但人们日常生活刚需未减，反而随着居家时间增加，萌生了更多消费需求。二是直播销售的产品琳琅满目，小至零食，大至火箭，主播们的现场演示和互动，更打破了静态看图购物的局限，极大增强了商品的动态感染力。三是直播这种全新方式迅速弥补了疫情对线下消费的抑制，从一个侧面反映出中国经济强大的韧性与巨大的潜能。儿子，你说的很对，新兴消费升级，中国经济转向高质量发展，都得益于中国几十年快速发展积累下来的深厚家底。比如，四通八达的高速公路、3.5 万千米的高速铁路、23 万千米的航空线路，电信网络“村村通”工程，移动支付的完善等。拿古丈的实际情况来说，2017 年底通高速，今年底 5G 商用，明年“七一”高铁开通，特别棒吧！再告诉你一个好消息，集团监事长十分关心古丈农产品受疫情影响而滞销的问题，特指示集团与古丈一起准备在 5 月 10 日举办“情暖古丈扶贫有我”茶文化主题节及电商直播活动，指定让我来做主播搞县长直播带货，帮助宣传古丈和销售古丈毛尖、古丈红茶等农产品。说实在的，老爸真地没想到，40 多岁的人还要在网上直播间当主播带货，专业知识和颜值都不比你们小鲜肉，也怕有人说三道四，真是压力山大呀，但是一想去年董事长亲自为“古丈毛尖”代言，推进消费扶贫成效显著，我要向董事长学习，为了支持消费扶贫和带动古丈电商发展，豁出去了，正在全力以赴做好相关筹备工作，争取让古丈的特色农产品火爆全国。你和同学们一定要来围观和下单呀，为集团和古丈加油！

亲爱的儿子，好羡慕你二十岁的青春年华，恰同学少年，风华正茂！过几天是“五四”，不能陪你过青年节，在此送你几句话，期许会对你有所帮助。儿子，老爸要对你说的第一句话是希望和祝福你一生拥有健康，快乐和平安。第二句话是希望你拥有更强大的责任心、进取心和坚韧心，做善于思考和终身学习的人。第三句话是要懂得感谢、感恩。尤其感恩每一位在你成长道路上给予关心和指导的老师长辈朋友。

亲爱的儿子，其实老爸最想跟你说的话是，感谢你来到我们这个家！感谢命运赐予我们阳光般热情温暖的你，让我和你的妈妈得以重温生命的成长，因为有你，使我们的生活更加充满了快乐并更有意义！

老婆，儿子，我还要忙工作，就先写到这吧，下次再叙。

此致

爱你们的老公、老爸

2020 年 4 月 27 日

秦　纲

功平兄：

您好！上次您与我交流时提到的两个想法，想听听我的意见。一直没有时间充分沟通。夜深了，不好给您打电话，把我的想法写下来，算是个交流吧。

您提到的第一个想法，要上新技术和设备，继续提升妙古金茶的品质。我支持您的这个想法，因为这是进一步提升扶贫产业发展质量和水平的需要。我们的产业要从低端种植向高端加工方向转变和发展，要从单一的种养环节等产前基础性工作向产品加工、品牌打造等产后链条延伸。只有将扶贫产业的产业链拉长，才能提高产品附加值，将更多就业机会留给乡亲们，让产业增值更多留在贫困地区，真正实现贫困群众从改善生活到增加收入，再到追求美好生活的深刻转变。这也是符合国家脱贫攻坚和乡村振兴战略有效衔接的大方向的。

关于您的第二个想法，要进一步扩大企业规模以便带动更多土家族和苗族乡亲们增收脱贫致富。这个想法必须点赞！您的这种情怀和担当让我十分敬佩！您的想法与我们光大集团领导的想法是一致的。这几年，光大集团一直大力支持古丈县产业发展。习近平总书记说，产业是发展的根基，产业兴旺，乡亲们收入才能稳定增长。目前，您的“妙古金”有机茶已成为国务院批准的第一批扶贫产品。我会向县委常委会汇报，并向光大集团领导报告，对你们这样的龙头企业和新型经营主体就是要大力扶持和培育壮大，通过建立更加稳定的利益联结带贫机制，确保贫困群众持续稳定增收，激发贫困群众的内生动力，增强贫困群众的参与感、获得感、幸福感。

刚到古丈时，就听说您这个“茶疯子”的大名，接触下来，仁兄确实有些“疯”啊！哈哈，您给茶喂豆奶，做高山有机茶还写论文，这确实没听说过，还提出“做世界上最好的茶”的口号，真的很期待能够尽早实现啊！

最近，我正忙于“向往的村播”首届古丈县网络扶贫大使选拔活动，我也在这个活动中推荐了“古丈茶”，这个活动在抖音平台的播放量已达3.3亿次，全国有更多的网友知道古丈茶了！

工作很忙，抱歉没有大块时间与您见面深入沟通，我想这样的文字沟通也不失为一种高效的方式吧。

让我们携起手来并肩战斗，为打赢脱贫攻坚收官之战而积极贡献自己的力量！

山上工作，多多保重身体！

晚安！

您的战友　秦纲

2020年6月26日23:30

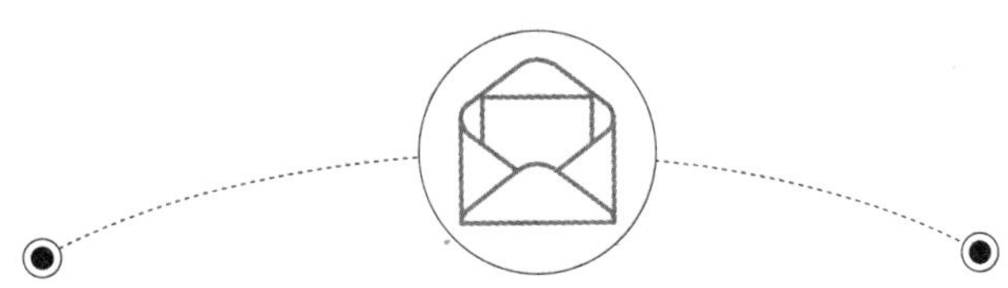

孩子，你是爸爸心中最闪亮的星空

“爸爸现在在开往武汉的列车上，车上人不多，但通话多少还是会影响其他乘客，就给你写封信吧。”

张灏写给儿子

張灝

■2017年12月29日至2020年1月31日，由中国红十字会总会选派到湖北省黄冈市英山县挂职任副县长。

2月14日，武汉新冠疫情暴发中。此时，张灏已经结束扶贫挂职可以回单位正常上班。看到武汉情势紧张，主动报名义无反顾地赴武汉参加总会驻武汉工作组开展疫情防控工作。此信系在赴武汉高铁上所写。信中与11岁儿子谈到了生与死、对与错、信仰与神话、幸福与痛苦等哲学话题。

在开往武汉的高铁上

吾儿柚子，你好！

近来咱们爷儿俩交流不多，有很多话想跟你说，但前面有发烧隔离，后面出隔离又天天加班，今天早上匆匆出门，一直没有找到一个比较完整的时间和你交流。爸爸现在在开往武汉的列车上，车上人不多，但通话多少还是会影响其他乘客，就给你写封信吧。

我已经很多年没有写过信了，特别是没有给你写过，提笔有很多话想说，但时间不够讲那么多，一次自言自语说得太多，你也没有那么多时间消化，交流互动更无从说起。想了想，这封信还是从你的哲学作业说起吧。首先要向你道歉，原本是我大包大揽要完成家长读书感言那部分的，直到你和妈妈把作业已经完成了，我都迟迟没动笔，抱歉！书我已经读完，并且推荐你的妈妈也读了，没有看到你们的作品，不晓得你们的感受何如。书虽薄，字虽少，却触发了我许多思绪。我准备结合这趟武汉之行，写下来分享给你。

你可能感受得到，昨天下午开始，你的妈妈情绪就有些变化，以至于对你的态度也有微妙转变，希望你能够理解她，主要是她得知我这个时候要去武汉紧张我的健康乃至生命所致，并不是无理取闹。也许你在还没睡着的时候听到我们的一些讨论像是争吵，也不要担心，那是我们经常进行的一种富有意义的探讨，只是有时火候有些没控制好。

回到你书上的那几个问题，生与死，信仰与神话，自由与不自由，幸福与痛苦，对与错，这些都是我做出选择的理由。

先说说生与死。你不要担心，武汉不是余震不断的地震灾区，

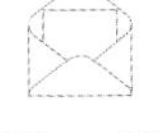

不是硝烟弥漫的阵地战场，更不是夸张想象中的人间地狱，爸爸之前经历过比这趟武汉之行凶险得多的事情，这次只要做好自身防护不会有什么危险。退一万步讲，就算有危险，爸爸能不能在这个时候选择退缩呢？每天数以千计的医护人员从全国各地逆行江城，每天还有很多拖家带口的公职人员坚守各自的阵地抗击疫情，他们面对的风险更大，他们是否更有理由做出不那么勇敢的选择而规避可能的风险呢？相信你心中有自己的答案。你的书里陈述了一个残酷的事实，就是人都会死，不仅是人，所有有生命的东西都会死，死亡是生命发展的一个阶段而已。石头没有活过，所以石头不会死。你能想象我们是一块没有生死之说的石头吗，我们今天能讨论生死是否已经是非常幸运的事呢？我们感到幸运不仅仅因为我们意识到自己活着，更因为我们知道自己会死。即使善终，不过百年而已。

你还记得在夏夜于山顶仰望星空时看到的灿烂银河吗？你看到的半人马座方向银河系中心发来的光据说是26000年前就出发了，你的眼睛看到这些光时，光源处又经历了26000年的变化，你要想看到当时的银心，须要26000年以后再来，我们的生命长度有限，等不了那么久。我们没有那么多的时间，必须要珍惜短暂的人生，努力活好这一生，留下我们活过的痕迹，这痕迹未必能有多少人看得到，但至少要自己认可这人生过得有意义。我像你现在这么大的时候读过一本书，苏联作家奥斯特洛夫斯基在其自传体小说《钢铁是怎样炼成的》中通过主人公保尔·柯察金讲述了这样的观点：“人最宝贵的东西是生命，生命对于每个人来说只有一次，人的一生应当这样度过：当他回首往事的时候，不因虚度年华而悔恨；也不因碌碌无为而羞耻。”这观点对我影响至深，人生苦短，与其思考“我们为什么要死”这样的问题，不如多想想“我们到底要怎样活”。这也是爸爸能够在多数时候从容淡定的力量源泉之一，也是爸爸做出去武汉决定的考虑之一。

再说说信仰。爸爸对于鬼神之说向来是敬而远之的，至今也不信仰什么宗教。但爸爸认同许多宗教或者说是文化中所蕴含的一个共通的部分，就是爱、善良、非暴力……或曰是人类与生俱来的助人善意。不管是“武汉加油、湖北加油”，还是“山川异域，风月同天”，表达的方式不同，核心都是人类休戚与共的精神。日内瓦万国宫对面就是红十字国际委员会（ICRC），在那里有一个红十字与红新月博物馆，展馆大厅有用多国文字展示的格言展板，其中有一块是中文隶书呈现——“子贡问曰：有一言而可终身行之者乎？子曰：其恕乎，自所不欲，勿施于人。”其他的分别用希伯来语、印度语、阿拉伯语、英语、德语等文字呈现，有出自《摩西律法》的“爱邻居，像爱自己一样”，有摘自阿育王的界碑的“诸恶莫作，众善奉行”，有出自《古兰经》的“俘虏是你的兄弟，真主保佑，才落入你的手中”，有出自《圣经》的“我饿了，你给我吃；我渴了，你给我喝；我生病，你来看顾我”，还有《1743 年法兰克福条约》中关于战俘待遇的条款。凡此种种，无不明证，世界上不同的文化中，都有人类休戚与共的精神，爸爸不信宗教，但笃信这种休戚与共的人道精神。所以这也是爸爸做出去武汉决定的考虑之一。

接着说说自由。自由和选择这两个词关系密切，没有选择，何谈自由，去不去武汉，爸爸是可以选择的。我可以选择向领导申请，也可以选择等待组织安排；组织有安排时，我依然可以选择欣然接受，或者百般拒绝。去武汉，是我的选择，自由的选择。其实退烧第一时间，我已经选择了隔离结束就返回英山与英山的同事并肩作战，但是爸爸的常委、副县长职务已经于 1 月 31 日画上了休止符，

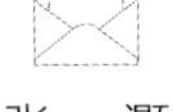

撇下北京的工作去英山就名不正言不顺了。当时内心里是很有些遗憾的，你看过我在英山工作的报告，也见证过个别工作的场景，知道我这两年的投入，也定能理解我不希望以一个疑似“逃离”的姿态为这两年画一个句号。然而接到组织的通知结束挂职回总会上班时，服从大局也是我的选择，心中的遗憾只能收藏。如今有机会更近距离地参与疫情防控武汉保卫战、湖北保卫战，你猜爸爸会如何自由选择？

幸福与痛苦。爸爸的幸福标准很简单，早上起来想上班，下班以后想回家。想上班是因为我有自己心甘情愿为之奋斗的事业，想回家是因为我有血脉相连悲欢与共的亲人。有时我回来晚，你已经睡了，有时我不回来在办公室睡了，都不是我不想回，而是因为工作的关系，想回但不能回，前两天没回来是因为怕回来太晚洗澡会影响你们休息，不洗澡怕影响你们的健康，所以我打心底是非常想回家的，我是幸福的。痛苦有时候来自于挫败，还有很多时候是来自比较，特别是虚荣、攀比，最是能产生痛苦感的。你将来或许会见识，总是有些人“盼别人倒霉比盼自己发财更心切”，骂人有、笑人无，这种心态万万要不得，己所不欲勿施于人，我们希望别人如何对自己，自己就要如何对待别人。这样，痛苦就会少很多。不仅少了来自比较的痛苦，同时也会有真正的朋友帮你分担缓解甚至是消除来自挫败的痛苦。

对与错。正如你书上的那句话，原话记不准，大概是，你希望生活在一个怎样的世界，你就要努力为这个世界贡献正能量。这场疫情中，不乏一边喊着“武汉加油”、一边把湖北人当作瘟神而严防死守的人，还有很多不明真相也不探究事实就在舆论场上借题发挥任意发泄负面情绪的人，我推荐你看一本书——《乌合之众》，希望你永远不要做乌合之众的一份子。我们不能一边批判这个社会的种种不如人意，一边又以盲目的非理性的行为成为加剧这种不如人意之现状。爸爸这趟去武汉的决策，是经过深思熟虑的。对与错，你在心里会有自己的结论。但抛开事业、社会、国家、世界不谈，于我而言，至少在未来一个月少了我一人每天出出进进咱们家就少很多感染病毒的风险，算是为了长久的团聚而选择短暂的分别吧。告诉你这些，希望你知道，爸爸虽然不在家，但爱你，爱这个家。

火车上人不多，现在正停靠郑州东站。这封信先告一段落，等我到了武汉再联系。你妈妈最近估计脾气都不会太好，你要多理解她。记得坚持锻炼身体，别偷懒。这段时间出门，哪怕在楼道里踢毽子跳绳，都要戴好口罩，做好防护，回家也要注意卫生。

祝你开学顺利！

爱你的爸爸

2020 年 2 月 15 日于 G487 列车上

· 摄影　疫情中的高铁站 ·

“龙胜地处大山深处，与家乡有许多相似之处。”

敖孔华写给儿子

敖孔华

■2017 年 7 月至 2019 年 9 月，由国家林业和草原局选派到广西壮族自治区龙胜各族自治县挂职任县委常委、副县长。挂职期间，曾获龙胜县“优秀共产党员”称号。

此信写给正在读小学的儿子敖川力。

父亲不能离开孩子太久

大宝乐乐：

昨天晚上爸爸和你微信视频聊天时，你说刚看完《父与子》，书里边说“父亲不能离开孩子太久”。我借故抓紧断开连线，因为你的这句话，触碰到了爸爸的泪点。

去年 7 月，单位派爸爸从北京来到广西，在龙胜这个偏远但美丽的县城开展扶贫工作。通俗说，扶贫就是我们国家采取一系列措施，帮助生活困难的农村家庭，尽快过上衣食无忧和更加美好的生活。爸爸离开北京时，你刚准备上小学三年级，正是需要父母更多陪伴的时候，对家里来说这是个两难的选择。你还记得 4 岁多时到过的四川凉山老家吗？龙胜地处大山深处，与家乡有许多相似之处。我时常想，如果小时候爷爷奶奶不节衣缩食供我上学，加之自己不努力，今天爸爸也可能是位贫困户，那你就会跟着一起受苦，也可能会上不起学，也可能成为“留守儿童”。为此，和妈妈商量后，爸爸决定到龙胜挂职，虽然这对你有些残忍。

在县里，我格外关注贫困家庭孩子的上学问题，并设身处地、想方设法帮助他们。张勇叔叔是爸爸的大学同学，去年在对外经济贸易大学读博士期间获得了特等奖学金。得知爸爸到地方扶贫，张叔叔特意从中拿出 1 万元在龙胜资助了 4 名贫困生，并希望孩子们像他一样将来能考上一所好的学校，顺利完成本科、硕士，甚至博士的学习。还有你认识的贺鸿卿叔叔（爸爸的中专同学），白手起家成为一名非常有责任心的企业家。贺叔叔将长期资助范阿姨的两位孩子，直至大学毕业。范阿姨家住龙胜县瓢里镇交州村，两年前她的丈夫意外去

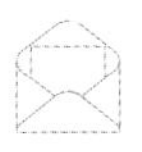

世，家里又发生火灾，房屋被全部烧毁，生活十分艰苦。目前范阿姨的大女儿在上小学三年级，二女儿刚到上幼儿园的年龄，却得了疾病卧床不起。贺叔叔的资助对她们来说是雪中送炭，也增强了一家人战胜生活困难的信心。类似这样家庭有困难可能影响到孩子成长和正常上学的情况，县里还有不少，比如爸爸直接帮助的 5 户贫困户中，就有 4 户家里有孩子在上学。其中老梁这户，父母长期在外打工，只有过年才能与孩子团聚。通过爸爸协调，梁叔叔成为村里的一名护林员，这样他在县里就能养家糊口，还能抽出更多时间照看孩子。

让爸爸自豪的是，我的儿子也是一个心地善良、乐于助人的孩子。每次爸爸从北京返回广西时，行李箱里装得最多的是你的课外书，因为你想把它们分享给更多的小朋友。爸爸举这些例子，就是想告诉大宝，上学对部分农村孩子来说，可能还是一件很奢侈的事情。希望自小在大城市生活并将长大的你，好好珍惜拥有的一切，努力做一个自强、自立、自律、懂得感恩的孩子，工作后像两位叔叔一样，力所能及地帮助更多需要关心的人，就像你们语文课本里说的那样，“予人玫瑰，手有余香”！

两年时间，对许多扶贫干部家庭来说，这是一段家人之间星空守望的漫长等待，但对我们国家来说，却是一场与千年贫困决裂的时间赛跑，而且要在 2020 年的时候必须跑赢。爸爸有幸能参与到这场赛跑中，希望随着你的慢慢长大，会逐渐明白爸爸这段时间的特殊经历。同时，我也期盼早日回京与大宝、妈妈、爷爷和奶奶团聚。

爱你的爸爸

2018 年 9 月 26 日

“这里很美丽，春天和夏天开满了鲜花，成群的山羊在坡上吃草，秋天和冬天白茫茫一片，小溪里全是厚厚的冰。”

蔡钢写给女儿

蔡钢

■2017 年 8 月至 2019 年 7 月，由中国科协选派到山西省岚县王狮乡长门村任第一书记。扶贫期间被评为中央和国家机关脱贫攻坚优秀个人。

女儿蔡依蓓出生成长在北京，没有去过农村，也不了解农村，蔡钢想通过书信的方式，让她了解贫困地区的现状，长大以后要为国家的发展做贡献，成为对国家有用的人。

一个被森林和大山包围的小村子

亲爱的蓓蓓：

你在家做什么呢？是在看小猪佩奇还是在听儿歌？小猪佩奇里有很多关于森林的故事，今天，爸爸就是在一个被森林和大山包围的小村子里给你写这封信。

这里叫山西省长门村，爸爸在你2岁半的时候离开了家，来到这里，到现在已经快2年的时间了。这里很美丽，春天和夏天开满了鲜花，成群的羊在山坡上吃草，秋天和冬天白茫茫一片，小溪里全是厚厚的冰。对了，这里最好的粮食就是小米，可以熬成你最喜欢的小米粥，还有酸酸甜甜的沙棘。这里也很辛苦，周围都是高山，没有平整的土地，农民伯伯和阿姨们只能爬到山坡上耕地、施肥、收割，来回都要背着大概80多斤的工具、肥料、农作物。80斤就是2个你那么重哦！村里没有路灯，晚上大家经常会摔跤，在去山上的路上，还要经过一座石桥，这座石桥大概有50多岁了，夏天经常被大雨冲坏，非常危险！不过不用担心，爸爸已经帮村里立起了20个路灯，还建了一座新水泥桥，以后再也不用担心了。平时爸爸会给伯伯阿姨们帮忙，刚开始每天都累得全身酸疼，不过现在已经习惯了，是不是很棒?!

长门村里有一个比你大2岁的小姐姐，我们叫她小莉，她的妈妈患有精神病，没有办法照顾她，姐姐从小学就开始照顾妈妈的生活起居，早上帮爸爸给妈妈做饭，放学了陪着妈妈在家，等到爸爸下班回来，因为爸爸的工资很少，冬天零下28度，也只能是靠煤炉子过冬，为了尽可能地保暖和节省用煤，冬天每天晚上都早早地上床休息，蜷缩在被窝里，互相取暖。每天都只能吃点小米粥和土豆过生活，吃肉的日子基本没有。可是小莉姐姐十分勤奋好学，老师和同学都很喜欢她，这样的小朋友在村里还有不少，爸爸尽可能地为他们找到好心人，帮助他们好好生活，好好学习，凭自己的努力闯出自己的人生。

爸爸不到长门村，都不知道原来还有这么穷的地方，这里的大山挡住了去外面世界的道路，我们就要用知识、用信息去打通这些道路。这里有很多天然的好资源没人知道怎么利用，我们就要告诉农民伯伯阿姨们怎么去用好用对这些资源。这里有些孩子还没有真正过上衣食无忧的生活，我们要让他们通过努力学习，走出不同于祖辈们的一条幸福之路。带领大家过上好日子，是爸爸的任务和使命！

也许你现在还没有办法真正体会爸爸所说的这一切，但是当你再大一点，我会带你来村里看看，到时候你将更加明白现在的生活多么来之不易。希望你能珍惜时光，培养坚强的意志和良好的学习习惯，成为于国家、于社会有用的人，用自己的努力描绘精彩的人生！

愿你永远开心、快乐！茁壮成长！

爸爸蔡钢

2019 年 1 月于长门村

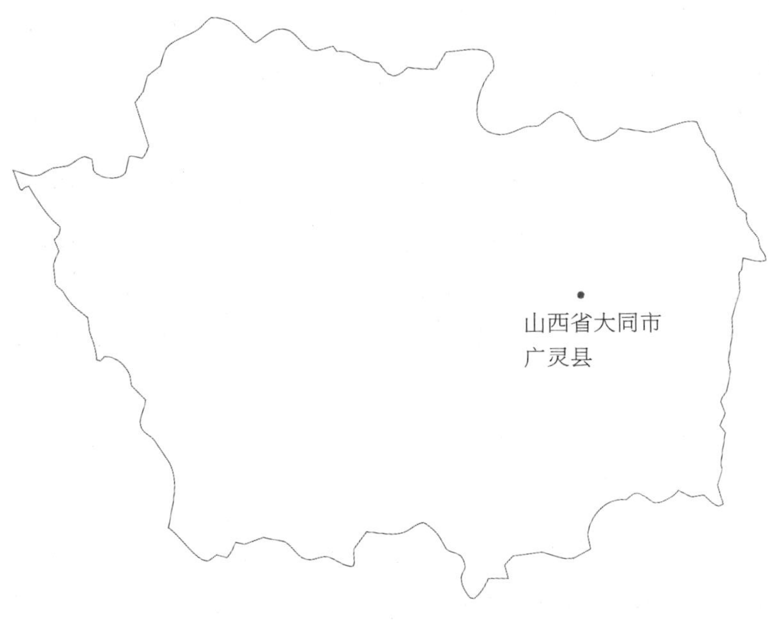

“我希望因为我的存在，而让别人过得更有价值。”

常家宁写给儿子

常家宁

■2017 年 1 月至今，由应急管理部选派到山西省大同市广灵县挂职任副县长。2019 年获应急管理部直属机关优秀青年干部荣誉称号。

这是他在儿子生日前一天夜里写给儿子的一封信。

你时常挂念爸爸，如我一样

亲爱的儿子：

提笔至此我已泪流满面，已4年没和你一起吹蜡烛过生日了。因爸爸今天还在山西广灵县，不能与你一起过10周岁生日，爸爸感到非常内疚，虽然爸爸不在你身边，但会在广灵祝福你生日快乐！祝你快快乐乐、健健康康、幸幸福福每一天。

“爸爸，你在忙什么？”每当你打来电话这样问我，我就知道是儿子想爸爸了。对于你，爸爸总是带着满满的亏欠，很欣慰你时常挂念起爸爸，但也因为没能尽到做爸爸的责任而愧疚无比。每每你生病时，电话那边焦急如焚而爸爸却无能为力，爸爸多想在你身边和妈妈一起照顾你……阻隔你我的并不是那4个多小时300多千米的路程，而是爸爸肩上的责任——山西省广灵县挂职副县长。

2017年元旦刚过，爸爸带着简单的行李来到广灵县报到，不知不觉已4个年头了。这期间我最牵挂的是你和妈妈，尤其对你放心不下，因你当时正上幼儿园，还很小……最扎心的是，每次回去你都乖乖地把拖鞋提来给我，而每次离开都先嗲嗲地央求“爸爸抱抱”，随后就追着爸爸的背影哭喊“爸爸，别走，爸爸，别走……”孩子呀！你才刚刚6岁，我也撕心裂肺地痛……我也多想抱抱你，多想陪在你身边，看你笑，看你闹，可爸爸是扶贫干部啊！是一名共产党员啊！儿子，对不起，在你成长的路上，我经常缺席；对不起，在你摔倒时，我却没法在你身边将你扶起；对不起，我也从来没参加过你的家长会，从来没在你作业本上签过字，也几乎没有陪你吃过晚饭。也许，等你长大了就会明白，有一种力量是从跳动的内心迸发，它会指引你竭尽全力去做你认为重要的事，这种力量就是责任。只要还有能力帮助别人，就决不能袖手旁观。

爸爸刚到广灵县挂职任副县长时，恰逢脱贫攻坚战全面打响，便一头扎进了这场史无前例的伟大战役。以前在单位里，只要埋头把自己份内工作做好就行了，但在广灵，这种岗位身份的转变，我才感受到作为领导的责任和压力，特别是一些事情的决策担当，同时也才感受到“当官不为民做主，不如回家卖红薯”这是最低、最基本的官德要求。爸爸在广灵已经是第 4 个年头了，但我始终想竭尽所能、竭尽全力地做好自己该做、自己能做的事，对广灵多一些贡献和帮助。你说：爸爸很忙，爸爸都不跟我玩！孩子，爸爸想告诉长大后的你：爸爸正在忙一件极其有意义的事，那就是扶贫。

回首脱贫攻坚征程，爸爸有艰辛、有风雨、有委屈，但更有收获、有阳光、有风景。作为贫困群众的领路人，没有牺牲，没有付出，又怎能更快更好地帮助他们摆脱贫困。如果不教会他们自力更生，就很可能会再返贫，那扶贫路上牺牲的那些叔叔阿姨就白白牺牲了。“行百里者半九十”这句话，你以后会慢慢懂得啊！有时一想到扶贫这些事，整晚都睡不着觉，有时感到心里是特别特别的累，特别特别的疲惫。但这些都是爸爸应该做的，如果做不好，爸爸就对不起组织的信任和期望，不能让国家投的钱打水漂，要真正发挥出效益、发挥出最大效益来。一回到北京，爸爸就能睡个好觉，能睡到天亮，午睡还能睡两个小时，你妈妈老是批评我不思进取，都怀疑我在广灵是不是天天睡大觉呢！

每当夜深人静的时候，也是爸爸最想你的时候，脑子里会经常浮现我俩在一起的场景。想得多了，有时候会失眠，久久不能入睡。我和妈妈每次视频聊天时提到最多的是你，妈妈还为此吃醋了呢。

你是上天赐给我们的礼物，你在我心中一直占据极其重要的位置，你的喜怒哀乐无时不感染着我，我会因你开心而高兴，因你不开心而难过。我曾经问你：爸爸来山西广灵县工作，你支持不支持？你竟然毫不犹豫表态支持，让我出乎意料。但是当陪你玩耍、陪你游泳、帮你解惑答疑、互相侃大山等这些以往司空见惯的事现在都不能实现的时候，有一天你也终于承认，你也很想爸爸，希望爸爸早点回来，那一刻爸爸莫名感动，眼泪在眼眶里打转……

儿子，爸爸一直想做一个合格的父亲。但事实上，爸爸做的很不够。你知道吗？我心中很矛盾，我每次离开你和妈妈的时候，看到你那不舍而纯净的眼神，我就想在家陪你们，还回单位去工作。但是，爸爸是一名共产党员，要带头，要服从组织的安排。共产党员就要有共产党员的样子！每个人都有自己的使命，扶贫，就是我现在的使命。爸爸在广灵扶贫快四个年头了，一件件鲜活的事，感动着爸爸、考验着爸爸、锻炼着爸爸。这四年，在家庭和工作中，爸爸的重心在后者，这四年你成长中的喜怒哀乐注定与爸爸无缘了，但爸爸保证把对你们的思念化为动力，努力工作、加油工作，争取给你们、给广灵当地交一份满意的答卷，身体力行做好你们的表率。写到这，爸爸突然想起著名作家龙应台曾经对她的儿子安德烈说过的一段话："孩子，我要求你读书用功，不是因为我要你跟别人比成绩，而是因为，我希望你将来会拥有选择的权利，选择有意义、有时间的工作，而不是被迫谋生。当你的工作在你心中有意义，你就有成就感。当你的工作给你时间，不剥夺你的生活，你就有尊严。成就感和尊严，给你快乐。"与你分享这段话，是希望你通过今天的努力，将来一样可以活得有成就感，有尊严。

今天，爸爸给你写这封信已是凌晨三点多了，爸爸为什么给你

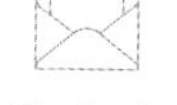

写这个信？是担心你明天上学后你的同学们问你生日是怎么过的时你心里会有自卑，觉得人家过生日都有爸爸陪，我过生日怎么爸爸不陪，所以爸爸觉得有必要今天写这个信告诉你。儿子，在这里的每一天我都在想念着你和妈妈，但爸爸还有很多事要做，希望你不要埋怨爸爸，你长大后就会知道爸爸所做之事的意义所在。当然，爸爸讲的这些话和道理，你可能一扫而过，一时还不能理解，我也不要求你现在能理解。但是，在将来某个时候，你再回味爸爸在你成长的不同阶段给你讲的这些，你就会有新的认识和体会。我想，这些会对你人生观、价值观的正确塑造有帮助。有可能其中一句话，会影响或改变你一生，改变你对他人、对社会的看法。

儿子，请记得这些文字背后、字里行间所饱含的爸爸对你和妈妈的爱，对第二故乡广灵的爱！记得你的书架上有一本自传体小说《钢铁是怎样炼成的》，主人公保尔·柯察金讲过这样一句话："人最宝贵的东西是生命，生命对于每个人来说只有一次，人的一生应当这样度过：当他回首往事的时候，不因虚度年华而悔恨；也不因碌碌无为而羞耻。"这句话对我影响至深，这也是爸爸能在多数时候从容淡定的力量源泉之一，也是爸爸决定参加扶贫工作的考虑之一。我们所处的时代是最好的时代，打赢脱贫攻坚战是中国向全世界做出的庄严承诺。爸爸能亲身参与精准扶贫这样的大事，值得一辈子骄傲，也是这一生中最宝贵的回忆。

好男儿志在四方，爸爸作为山西省10个深度贫困地区的副县长，历史赋予的责任光荣而神圣，所以希望你和妈妈能一如既往地支持爸爸的工作，等爸爸完成这份伟大的使命，回来一定多陪你玩耍、学习。接下来，咱俩来个约定，我要好好工作，你要好好学习，争取每年都能取得好成绩！如果作业做完了，不要玩手机，保护好眼睛，早点睡觉。没有爸爸在家，要照顾好自己和妈妈哦！我的儿子是个男子汉，从小就应该有担当。

儿子，扶贫路上有你有我还有你妈妈，让我们一起加油！

爸爸常家宁

2020 年 10 月 2 日

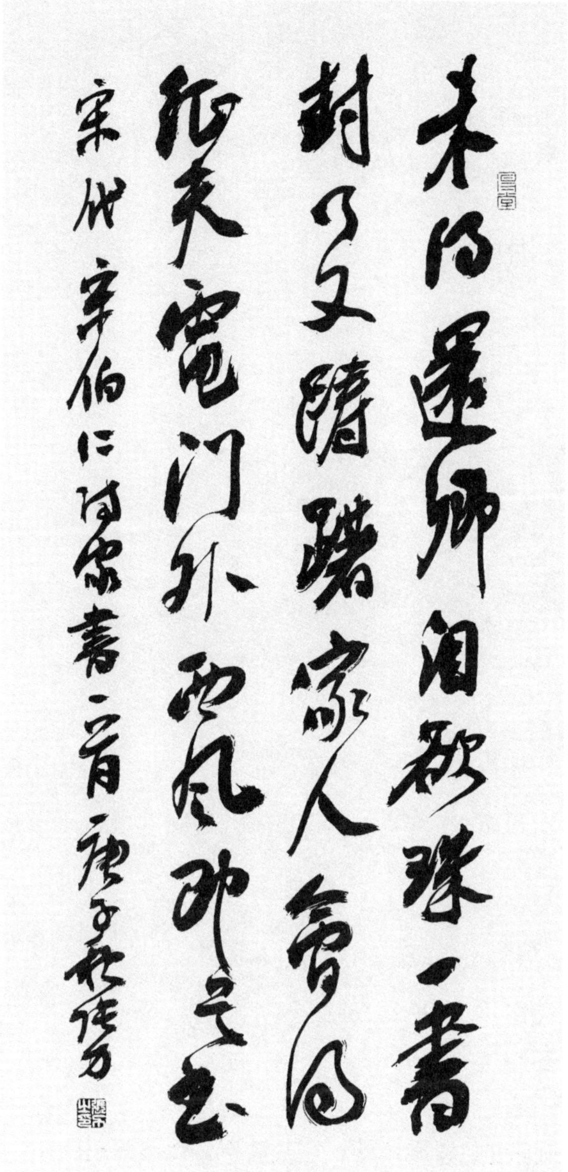

·行书　《家书》［宋］宋伯仁·

未得还乡泪欲珠，一书封了又踌躇。
家人会得征夫意，门外西风即是书。

“群山环绕、树高草盛、空气清新，欢迎并期待你、妈妈以及咱们的家人在春暖花开的时候到这里来看我！”

陈拔群写给儿子

陳拔群

■2017 年 7 月至 2019 年 10 月，由国家邮政局选派到河北省平泉市哈叭气村任第一书记。扶贫期间，先后被河北省委组织部评为 2017 年度“全省精准脱贫优秀驻村第一书记”和 2018 年度“全省扶贫脱贫优秀驻村第一书记”。被承德市委记二等功。

此信是陈拔群在儿子三周岁生日当天写的。

孩子，你是爸爸心中最闪亮的星空

球球宝贝：

三周岁生日快乐！遥祝你健康、开心，茁壮成长！

很遗憾，此刻，爸爸在一个离家大约300千米，名叫平泉哈叭气村的地方参加扶贫工作，不能如往年一样陪着你一起，唱生日歌、切蛋糕、拆礼物、拍合影，只能再找其他机会给你补上啦。

未来的两年时间，爸爸要在这个小村庄做一些力所能及的事情，努力为这个地方改变点什么。很抱歉，不能和以前一样，下班回来陪着你玩玩具，给你讲故事，带你逛游乐场，看你哭，看你笑，看你闹，时刻感受你简单纯真的性情，见证你点点滴滴的成长。

虽然你有时候调皮、任性，喜欢哭闹，爱耍小脾气，经常惹爸爸妈妈生气，我也会不时地调教你，但是在爸爸心里，你一直是个充满爱的小暖男。每次爸爸从外地开车回家，你都会跑过来和我说“爸爸，我最喜欢你了”“辛苦啦，爸爸，我给你点好吃的吧”。每周一上班离家，我送你去幼儿园，你会带着哭腔告诉爸爸“要注意安全，周五见”；爸爸一个人在外地，和你们视频的时候，你会告诉爸爸“爸爸，你照顾好自己”“好好吃饭”“我会保护好妈妈”……孩子，每次听到这些看似稚嫩、简单但又细微、温暖，甚至你自己都不一定清楚具体含义的安慰和鼓励，爸爸真的感觉很欣慰，离家在外奔波的那点苦也值得了。我为有你这样一个“臭小子”而感到满足和自豪。

今天的日子很特别，是你三周岁的生日，也是爸爸第一次不在你身边和你一起过生日，可能还会有第二次或者第三次。此刻爸爸

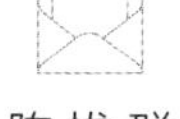

想和你说：谢谢你带给我的回忆、惊喜、温暖和鼓励。希望你能慢慢地、无忧无虑地成长，每天都能开心和快乐。尽管我不能一如往常那样每天看到你、照顾你，但是我也会用自己的方式，牵挂你、呵护你、陪伴你，并与你一起砥砺前行！奔跑吧，我的小少年！

我不在家的时候，请你代爸爸照顾好、保护好你的妈妈！妈妈白天要上班，晚上又得陪你，很辛苦。记得要听话，要多体谅妈妈，做自己力所能及的事帮助妈妈。我相信你可以的，你最棒啦！

爸爸所在的这个小村庄，虽然离咱们家远一点，但是交通还算方便，群山环绕、树高草盛、空气清新，欢迎并期待你、妈妈以及咱们的家人在春暖花开的时候到这里来看我！

孩子，爸爸认为，一个人坚持自己的信念并有所贡献与收获就是值得的。请给我一点时间，我相信通过自己的努力，待我扶贫期满、回家团圆的时候，这个地方一定会有一些新的更大变化。

爸爸刚来，这里的一切确实还比较陌生，相较于北京也会苦一点、累一点，但是请你放心，爸爸会照顾好自己，注意安全的。

就先写到这儿吧，想说的太多，但这几页小小的信纸承载不了爸爸太多的惦念和祝福，来日方长，容我以后慢慢地再和你诉说。最后，送你一位伟人的一句诗词，“我仰望星空，它是那样壮丽而光辉；那永恒的炽热，让我心中燃起希望的烈焰、响起春雷”。

我想告诉你，孩子，你是爸爸心中最闪亮的星空。

感恩并祝福。

爱你的爸爸于平泉

2017年10月18日

“每个孩子都是诗人。

爸爸来到山上，看着一盏盏明亮的路灯，想起你说的那句诗：星星落在院子里。但是亲爱的麦子，此刻是星星落在大山里了。”

陈涛写给女儿

陈涛

■2015 年 7 月 27 日至 2017 年 7 月 27 日，由中国作家协会选派到甘肃省甘南藏族自治州临潭县冶力关镇池沟村任第一书记。

此信是陈涛在深夜写给女儿的。

为了那眼睛里欢乐的光

麦子：

我亲爱的麦子，现在正在做什么美梦吗？爸爸此时在离你很远的小山村里，窗外雷声阵阵，狂风吹卷着雨珠不断敲击着玻璃。爸爸看了一会儿书，可读着读着就开始想你了。我想象着你酣睡的模样，侧着身，头枕在一条胳膊上，呼吸均匀轻微，你是不是梦到了许多美味可口的食物？还是梦到自己在医院中照顾病人？我们常常问你长大后要做什么，你起初告诉我们要做一名护士，许多人告诉我小孩子一天一个想法，很快就会变的，可你却坚持了很久，直到进入幼儿园一年后告诉我说要做一个面包师，我笑着问你怎么不做护士了呢？你仿佛意识到了什么，害羞的告诉我说要当一个会做面包的护士。每每想起这个情景，爸爸的心里都暖暖的。

我亲爱的麦子，爸爸今天刚从兰州返回村里。爸爸在兰州跟很多同爸爸一样从北京到村里的叔叔们一起学习，学习怎样更好地工作生活。昨天晚上我在院子里走路，听到手机响，打开一看，原来是你。视频中的你起初有些羞涩，是不是因为好久没看到爸爸有些陌生了呢？但不一会你就活泼起来，我问你幼儿园的生活，你一一回答我，可聊着聊着，你突然问我，爸爸你什么时候回来？爸爸你怎么还不回来看我？接着你在视频中哇哇大哭，泪流满面，你哭的样子让爸爸的心都要碎了。你让我在你明天醒来前回家，我说好，你跟我拉勾，让我保证做到，我说好，就这样你才破涕为笑。

我亲爱的麦子，昨晚爸爸看到了很多的星星，一颗颗密布于天空，明朗硕大，让爸爸又想起了一件事。那天爸爸回北京休假，晚上你跑到书房来找我，趴在窗户上往楼下看，突然你指着窗外大声对我说，爸爸爸爸，星星落在院子里了。我起身顺着你的手指望去，原来是一盏盏的路灯，它们在黑夜中闪闪发亮。我很想笑，可又觉得你说的这句话真美，“星星落在院子里”，多美妙的一句话啊，爸爸把你抱在怀里，反复在心底默念，怪不得有人讲，每个孩子都是诗人。麦子，爸爸工作的村子有很多人住在山上，每到晚上便漆黑一片，你知道爸爸做了什么事吗？爸爸帮这里的人安装了很多的路灯，安好的当晚，爸爸来到山上，看着一盏盏明亮的路灯，想起你说的那句诗，星星落在院子里，但是亲爱的麦子，此刻是星星落在大山里了。

我亲爱的麦子，明天爸爸要去给一所小学送些图书和玩具，这是爸爸这段时间在做的一件事。全国的叔叔阿姨们给爸爸送来了许许多多的文具、玩具、图书，等等，我要把它们一一送给这里的小朋友们。麦子，这里虽然很贫穷，但是这些小朋友跟你一样天真可爱，他们中的大多数人也跟你一样爸爸或者妈妈不能陪在身边，他们被称作“留守儿童”，等你长大了你会明白这个词语的真实含义。所以爸爸想为这里的几所村小学的孩子们做点事情，送适合的图书给他们阅读，送书包、文具给他们使用，也会把滑梯、足球交给他们玩耍，爸爸只是想让这些缺少父母关爱的小朋友们感受到一些开心与欢乐。有次，爸爸把一个足球送给一个比你大一点的小男孩，他很害羞，不敢接，爸爸放到他的手里，他抬头看爸爸，爸爸看到他眼睛里有快乐的光，而这，我也曾经在你的眼睛中看到过。

我亲爱的麦子，爸爸生活的地方天空是湛蓝湛蓝的，白云朵朵自由飘荡，有时在这样的环境中走路，我会突然想到北京的空气好不好，甚至因为自己在这样洁净的空气中呼吸而内疚。我亲爱的麦子，再过些天你就会看到爸爸了，爸爸会带礼物给你的。你要乖乖的，听妈妈和奶奶的话，好不好？爸爸不会跟你讲好好吃饭的事情，因为你从小的胃口就很好，你也常让我们喊你胖子麦。爸爸跟你开玩笑，说你太胖就不要你了，其实是骗你的。之所以告诉你，是因为有次你趴在我身边问，爸爸，是不是我太胖了你就不要我了。我亲爱的麦子，爸爸永远都会要你，永远都会爱你。你是上天给予我们最美好、最珍贵的礼物，爸爸和妈妈对你没有太多的要求，只是希望你可以快乐健康地长大，在时光中变成一个善良、正直、优雅、可爱的姑娘，爸爸会因为有你陪伴而幸福、骄傲。

我亲爱的麦子，我亲爱的女儿，好好睡吧，让我们在梦中相遇，爸爸会带你去吃点心、玩滑梯，还会讲你爱听的故事。

爸爸
2016.5.20 写于甘南冶力关

·章草　《家书》［元］方回·

倚楼闲看雨，已下又重登。
困和春深剧，愁逢日暮增。
家书闻子病，时事说兵兴。
流汗才挥扇，风寒忽似冰。

“走下代大爷的窑洞，一路上扫雪的村民不断叫着“方书记来啦!”“方书记吃了么?!”渐行渐暖。”

方宇写给儿子

方宇

■2017 年 8 月至 2019 年 9 月，由海关总署选派到河南省三门峡市卢氏县代家村任第一书记。扶贫期间，获三门峡市“2018 年优秀驻村第一书记”、卢氏县 2018 年先进个人和 2019 年劳动模范并记三等功一次。

此信是方宇写给儿子方笑涵的。写信时，方笑涵就读于大连理工大学二年级，其于 2014 年冬曾到四川小凉山马边县扶贫支教，2017 年至 2019 年结对帮扶代家村 1 名贫困学生。

我和村民等你

笑笑：

卢氏下雪啦。举目皆白，空气冷得清新。八组有两个贫困户年纪大了，住房条件不好，今天我和村支书送去棉袄棉被，也陪他们聊聊天。

代大娘70多岁，女儿出嫁，家里没有其他男丁，两口子都能领到养老保险，平时收收破烂卖了挣点零花钱，小院子里堆满拾捡来的枯树枝，雪地里都是脚印和泥水。砖混结构的房子，面积不大，但不漏雨，东屋一张板床，一张桌子，斑驳的墙上贴着些招贴画，电线从东扯到西，又从南牵到北。西屋堆着杂物，其实也就是一把条凳，一个歪斜的双门衣柜，几个装着红薯、花生、玉米和少量连翘、白芷的化肥袋。她老伴儿看我们进来，满脸都是笑意，颤颤巍巍把自家晾的柿饼硬塞到我手里。两位老人听力都不大好，我和村支书吼着嗓子和他们聊，村里明年开春准备搞“六改一增”，通过政府奖补，发动贫困户自力更生改善住房条件，如果把院子硬化，厕所改水厕，搭个鸡笼，再把门窗换新，电线进槽，添置一套新衣柜等，能补贴他们三四千块钱。老太太笑眯眯直说好，仰着头轻声跟我说，“方书记，好是好，就是岁数大了，干不动啦。”又低声问，“真有三千多块啊？”我笑着跟她算，哪一项补多少，几项加起来多少，干不动不要紧，前两天和她嫁到邻村的女子说好了，叫她垫钱找人干，女子很孝顺，听说有补贴，又能改善父母居住环境，高高兴兴地答应了。老人家兴奋得咧着嘴合不上，又要张罗给我们做饭，我们赶紧说还要去其他家，拦住了老人。

代大爷兄弟俩都是五保户，还住在两口并排的窑洞里，西窑常

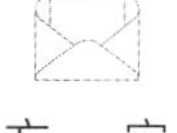

年闭着门，两人住东窑。窑外白雪皑皑，窑里漆黑一片，让他开了灯，昏暗的灯光下也没什么像样的家伙什，两张床上各铺着两床油腻腻的被子，窑洞里味道挺大，倒是不冷。五保户是可以到乡敬老院集中供养的，但是做了好几次工作，他们还是不愿离开村。上周我组织开支委会，专门研究像他们这样的孤寡老人和个别智力残疾单身贫困户的住房问题，统计了一下全村有小十户，向总署扶贫办的领导作了汇报，初步有了利用海关帮扶资金建设扶贫安置房的设想。我笑着问代大爷，如果盖一栋小两层楼，十来间房，配上家具炊具，愿不愿意和兄弟住过去，他们乐呵着说，那当然中！

农村山区的住房问题是贫困户的大问题，窑洞类危房要么重建要么修缮，脏乱差的环境要改善，国家用政策帮助贫困户住上适宜的房子，但又不能直接给钱，得让贫困户自己愿意改变现状，变“要我脱贫”为“我要脱贫”，这才是扶贫工作的精髓。村里有劳动力的贫困户，大都提交了“六改一增”申请表，这是我和扶贫工作队员、村组干部一个月来宣传鼓动工作的成效。农村思想工作很难做，这更能激发我们的斗志。改变他们安于现状的想法，把美好生活的愿景描述给他们，特别是让他们坚定改变现状、战胜贫困的信心和决心，逐渐理解帮扶只是外在因素，真正站起来必须靠自己，共同努力才能摆脱贫困，这中间的成就感比你考上大学都让人兴奋！

走下代大爷的窑洞，一路上扫雪的村民不断叫着“方书记来啦！”“方书记吃了么?!”渐行渐暖。

驻村生活丰富多彩，乡村和城市差别很大，希望你能来代家村看看，我和村民等你。

爸爸

2017 年 12 月 14 日

“爸爸是‘80后’，是在改革开放的大好环境下成长起来的一代人，深切见证和感受到了党领导的改革开放所取得的辉煌成就，我发自内心地想为巩固和推进党的改革开放伟大事业贡献自己的一份力量。”

韩力写给儿子

韩力

■2016 年 9 月至 2018 年 9 月由中国科学院选派至贵州省六盘水市水城县院坝村任第一书记。2018 年被评为贵州省脱贫攻坚优秀驻村第一书记、中央和国家机关脱贫攻坚优秀个人。

这是韩力写给两个孩子的信。

我为什么要去扶贫

我儿韩实、韩学：

你们好，爸爸离开你们去挂职已经1年了，现在贵州大山里一个叫院坝村的地方，给你们写这封信。

为什么要告别家人去农村扶贫？为什么还要到远离北京2000千米外的贵州山区驻村？我想和你们谈谈这其中的想法和初衷。

时间回到1990年，当时爸爸只有9岁，看过一部电影《焦裕禄》，当焦裕禄同志在一面面红旗中带领村民们走出来的时候，那个电影场面深深地感染了我。虽然我当时还不能深刻地理解和领会焦裕禄精神，但在爸爸的内心中已经树立起了共产党员的光辉形象，心中向望着长大了要做像焦裕禄那样为人民服务的党员干部。

1996年，爸爸又观看了电影《孔繁森》，当看到孔繁森同志把一位藏族老妈妈冻伤的双脚揣到自己怀中，为藏族老妈妈捂脚的画面时，我被这位挂职干部的实际行动打动了。我当时就在思考，去偏远地区挂职是一件神圣而有使命感的工作，将来我一定要去。

当2010年观看电影《第一书记》的时候，爸爸的感触良多。我能够体会到沈浩同志挂职前的感受，也能够深切理解他在挂职中要干出一番事业的决心。观影结束后，我已经做出了决定，我要到一个条件艰苦的环境中去工作，发掘自身潜力为老百姓做一点实事。

2016年9月，爸爸自愿报名，按照中央组织部和中国科学院的要求安排，来到贵州省六盘水市水城县的院坝村担任第一书记，任期两年。感谢组织，让我的愿望有机会来实现。

爸爸是“80后”，是在改革开放的大好环境下成长起来的一代

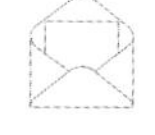

人，深切见证和感受到了党领导的改革开放所取得的辉煌成就，我发自内心地想为巩固和推进党的改革开放伟大事业贡献自己的一份力量。

我离开妈妈和你们，到贵州山区挂职，只因国家的脱贫攻坚事业已到关键时刻，在这场必须赢的战斗中，爸爸作为一名共产党员，必须冲在前面，走好我这代人的长征路。我有时也想过，在北京的小家过好咱们的小日子。但是转念一想，我必须要在这个时代为实现“两个一百年”的第一个百年奋斗目标，为全面建成小康社会做出自己应尽的贡献。

松树不是什么名贵木材，但我愿做一棵青松，常驻在贵州山林之中，珍惜机会，不负厚望，带领全村贫困群众，在脱贫攻坚，在全面建成小康社会的征程上，干出一番属于我力所能及而又理所应当的事业。

孩子们，爸爸爱你们，爱咱们的这个小家，也更爱我们的国家。

在家听妈妈的话，祝你们学业有成，健康成长。

爱你们的爸爸

2017 年 6 月 5 日夜

于贵州水城院坝村

“高布红壤，孕育时代青年。五四精神，烛照复兴征程。时代使命，呼唤青年担当。星空璀璨，脚踏实地路漫漫。一往无前，不忘初心追华年。青春为笔，描绘山河书史卷。”

吉志雄写给女儿

吉志雄

■2016 年 1 月至今，由全国供销合作总社选派至江西省寻乌县晨光镇高布村任第一书记。四年多来，他三次任职期满三次选择留下，把软弱涣散的村党支部带成连续四年先进的党支部，五次带头义务献血救急解难。2018 年被评为中央和国家机关脱贫攻坚优秀个人。

这是吉志雄在自己生日当天写给女儿的一封信。

青春由磨砺而出彩，人生因奋斗而升华

亲爱的宝贝燕燕：

爸爸很想你，很想你和弟弟，很想妈妈和爷爷奶奶，这个五一小长假，没有回京陪你和弟弟玩，爸爸心里有些难过，也纠结过……4 月底知道回北京不用隔离的消息，心里一阵高兴，一阵难受，高兴的是京内的疫情形势完全转好了，爸爸和很多人回来都可以带着家里的宝贝们自由地去想去的地方了，难受的是，这个消息稍微有点儿晚，爸爸已经做好了在村里带着你的大学生哥哥姐姐们度过五一小长假的安排，爸爸不能失信于他们，而只能选择失去可以陪伴你和弟弟出去玩的这次机会，爸爸知道有三个月没有回来了，你很想爸爸，爸爸也知道在这已经过去的四年多时间里，陪伴你和弟弟的时间不足三个月，是爸爸对不起你，对不起你和弟弟，对不起妈妈和爷爷奶奶。

爸爸还知道，燕燕长大了，已经不是爸爸刚离开时那个萌萌的幼儿园小朋友了，四年级也很快就要过去了，宝贝你一直对村里面哥哥姐姐们的生活比较好奇和感兴趣，爸爸之前没有给你写过这么长的文字，这次就长一些吧，给你讲一些村里的大学生哥哥姐姐们五一小长假的故事，你看了后还可以讲给弟弟听。

之前燕燕从视频上看到过爸爸这里的高布村，美丽的小山村，去年年底 88 户贫困户终于全部脱贫啦，你也知道爸爸没和你们在家过元宵节，是送防疫物资回村里了，你还知道爸爸给村里还有你们都送了口罩。但宝贝可能不知道在村里一直没有返回学校的大学生哥哥姐姐们也已经和爸爸约好了一起来度过这个有意义的假期，所

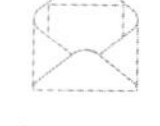

以爸爸不能失约。这个五一小长假的约定是“爱村助村青春有为”。

燕燕知道劳动很光荣，五一劳动节开始爸爸就带着20几个大学生哥哥姐姐们在村蔬菜基地采摘了好多新鲜的黄瓜和苦瓜，黄瓜你很喜欢吃的，然后就和你做值日分组一样，我们也分了好几组，一组一组地对比较贫困的叔叔阿姨和爷爷奶奶们进行走访和慰问，和他们多聊聊天，特别是多了解些疫情防控以来的家庭情况以及帮扶需要。你的大学生哥哥姐姐们统计了家家户户种的什么养的什么，比如桃子呀，百香果呀，鸭子呀，鸡呀，了解一下这些都什么时候可以吃啦，当然也就可以卖啦，到时候爸爸买一些也寄给你和弟弟吃。

劳动节这天过得很开心，有位叫刘群的姐姐说：今年的五一是我过的最有意义的五一。通过这次大走访，我感受到了扶贫工作者的辛苦，也让我更加坚定了要为家乡做力所能及的贡献的信念。相信我的宝贝可以明白大姐姐的话。

后面爸爸和大家开了座谈会，你也知道之前的4次座谈会都是冬天爸爸回来过年前在村里和大学生哥哥姐姐们开的，这次小长假哥哥姐姐们都在，就开这个第五次座谈会了，会上有位叫刘云燕的姐姐现场就写诗一首，真的好厉害，“高布红壤，孕育时代青年。五四精神，烛照复兴征程。时代使命，呼唤青年担当。星空璀璨，脚踏实地路漫漫。一往无前，不忘初心追华年。青春为笔，描绘山河书史卷。”相信你和爸爸一样都佩服这位姐姐。

小长假的最后，爸爸和大家一起组织了村里的首届大学生集体村播活动，这个就是平时你用手机看的抖音直播了，大哥哥大姐姐们组织的就是在村里的抖音直播，主要是介绍推介家乡高布村的。在直播前，爸爸和大哥哥大姐姐们把习爷爷送给今年这个五四青年节的寄语“青春由磨砺而出彩，人生因奋斗而升华”作为鼓励自己的口号喊了出来，很多大学生哥哥姐姐一开始也比较紧张不敢上镜哦，爸爸只能鼓励大家一边吃一边对着镜头聊天啦，当然爸爸自己也是这么做的，慢慢地你的大学生哥哥姐姐们在边吃边聊中放松了下来，有的随手摘起身边藤蔓上的黄瓜表演各种吃法，讲起村里各种有趣的故事，都成为了“吃播”啦。以后爸爸也和你一起直播好吗？再叫上妈妈和弟弟。有位叫汪舒文的大哥哥说：“家乡农产品直播活动，奉献人生第一次直播，让我感受新时代潮流产物的乐趣和能为家乡农产品推广尽一份微薄之力感到自豪。”还有的哥哥姐姐们说：“看着伙伴们在直播面前腼腆却又大胆地宣传着我们高布村的特产，我感到无比的自豪。”“没有任何直播经验的我们第一次尝试直播宣传家乡，也让我更坚信了自己对家乡的认同感和自信心，我们乐在其中。”“高布村的百香果干真的很好吃，大棚里的蔬菜让我看到了家乡的颜色，很甜，很美。”宝贝燕燕，爸爸没有后悔没回来，因为爸爸知道，这次五一小长假是这么多大哥哥大姐姐们大学时代中唯一一次集体在村里过的劳动节和青年节，也是唯一一次和爸爸共度这两个节日，对大哥哥大姐姐们、对爸爸对这几年扶贫的日子都是深深的纪念。

五一小长假已经过去了，今天是爸爸的生日，今晚给宝贝燕燕写这封信，不知道能不能算个补偿的纪念，这几年爸爸的生日都没有和你们一起过，你们知道爸爸忙，也没有怪我。宝贝燕燕长大了，懂事多了，爸爸心里的难受也多了，爸爸刚离开你的时候，弟弟还在妈妈肚子里，你也还在上幼儿园，一眨眼你已经四年级了，四年来，你经常在电话里问爸爸什么时候回来，经常说等着爸爸回来陪你玩，可慢慢地慢慢地，宝贝电话里说这些越来越少了，爸爸知道，是宝贝越来越懂事了，也是宝贝慢慢习惯了没有爸爸在身边的日子……最可爱的童年，爸爸没有陪伴在你的身边，是爸爸永远的亏欠，下个月的儿童节和你的生日，爸爸又要缺席了，爸爸得和村里的小朋友们过最后一个集体的儿童节，因为爸爸明年就回来了，明年你五年级的儿童节和十一岁生日，爸爸一定陪在你身边，还有弟弟，爸爸保证，爸爸保证。

爱你的爸爸

2020 年 5 月 6 日夜

“报效祖国是作为一个中国人的根本标志，好好享受这个过程，让生命之光活泼泼地闪耀。”

李鑫写给女儿

李鑫

■2017年8月至2019年8月，由中国人民对外友好协会选派到山西省吕梁市兴县蔡家崖乡沙壕村任第一书记。连续两年被兴县评为优秀第一书记，吕梁市电视台以“新时代新担当新作为典型风采”作采访报道。

这是李鑫写给女儿李宛轩的信。写信时女儿即将读小学，信中谈到了一些人生感悟。

人生就是一个生命的过程

宛轩小朋友：

时间过得好快呀！一年前的现在，你还和爸爸一起住在沙壕村的窑洞里，门口蹲着你忠实的小跟班——大武和小白狗，随时听着你开门的声音。当然，如果你手上拿着它俩最爱吃的火腿肠，它们会更欢快地摇着小尾巴，仰着头绕着你跑来跑去。这个时候，是你最快乐的时候，也是爸爸的眼神最温柔的时候。

2017 年 8 月，还没有来得及把你送进幼儿园大门，爸爸决定到山西沙壕村驻村扶贫，当时并没有征求你的意见。虽然爸爸想到了陪伴你的时间会因此大幅度减少，将来也没有弥补的余地，因为你很快就会长成一个大姑娘，与爸爸的距离会越来越远。今天写这封信时，你已经快结束幼儿园生活即将开启新的求学之路，希望随着知识的积累和阅历的丰富，你能理解爸爸当时的决定，也能理解爸爸接下来写的话。

首先是：人活着是为了什么？估计你很快会给出相反答案“人活着不是为了吃饭”。因为在你不好好吃饭时，爸爸经常训你，吃饭是为了活着，为了能下楼和小朋友一起玩耍。现在，爸爸告诉你爸爸自己的答案，不一定准确，供你参照思考。爸爸认为，人活着是要做点事，做事的初衷不是为政绩，而是为内心。何谓内心？人的一生无非物质和精神两种追求，物质的高地（比如衣、食、住、行等）容易到达。精神的高地怎么形容呢？它是一种愉悦，这种愉悦不是物质的消费或消耗带来的享受，而是通过自己的努力去帮助或改变或影响了一些人，使这些人向上向好向善，这种愉悦是精神的最高愉悦，久而久之，可固化为精神的高地。所以，人活着是为了帮助他人，通过帮助他人达到丰富自己、充实自己、愉悦自己、升华自己的目的。

接下来是：要敬畏时间。时间是最忠实的记录者，也是最客观的见证者。时间是个宝，放在哪里哪里好。但由于人的精力有限，要把有限的时间用在最有价值的事情上去。心无旁骛，一心向前。具体来说，一是要在生活上不断用减法，比如：无目的的逛街购物、无意义的聚会、无价值的思考、无计划的收藏等。在做事上不断用加法，比如：追求细节、最高标准、精益求精、举一反三等。要学会把时间留下来，比如：坚持每天记工作日记或记所思所想所感，不必拘泥于形式，能有时间写在纸面上最好，如时间不足，可记录在手机里或直接录一段音频保存下来。日积月累，待回头再看时，便发现留住了时间。留住了时间，也就留下了所有。要常态化总结。“吾日三省吾身”，每天临睡前，想一想当天所做的事、所见的人、所说的话，想一想明天要做的事、要见的人、要说的话，想清楚了再行动。

再接下来：求人不如求己，天下没有免费的午餐，没有捷径可走。只有老老实实下苦功夫、硬功夫甚至是笨功夫才能取得一点一滴的进步。但是有一点你要记住：付出总会有回报，不会有一步路是白走的，不会有一滴汗是白流的，时间早晚而已，而且只会早不会晚。

最后是：得理要饶人，学会妥协，学会清空自己。你的脾气有点急又能言善辩，爸爸担心你将来会得理不让人，这是不可取的，会让人口服心不服，长久下去，大家都会远离你，这对你很不好。要想让人心服口服，只有身先士卒这一个方法，要求别人做到的，自己率先做到。同样，自己能做到的，别人未必能做到，要宽容；别人能做到的，自己未必能做到，要坦然。在你成长过程中，你会认为有些事情非对即错，有些结果非黑即白，这是人生必经的一个阶段，爸爸的经验你肯定不相信也不会用，只有你自己撞到“南墙”才会醒悟，这个没有办法，爸爸之所以还要写下来，是想告诉你，当你撞了“南墙”还没有醒悟时，要学会妥协。至于学会清空自己，就是要养成定期清理自己的各类物品的好习惯，久而久之，就会学会清空自己的思想，比如：你在姥姥家黄河边上玩沙子时，会不会发现，当你的手握得越紧，手里的沙子就越少，而当你摊开整个手掌，留在手里的沙子最多。这是一个道理，并不是你占有得多就得到得多，而是你清空得多，才会得到得多。只有清空了自己，才会拥有这个世界。大道至简，大音希声，大象无形，说的就是这个道理。

就写到这里吧，人生就是一个生命的过程，健康是基础，快乐最重要，报效祖国是作为一个中国人的根本标志，好好享受这个过程，让生命之光活泼泼地闪耀。

爸爸

2020 年 5 月 7 日

· 国画　坐观天地间 ·

“很多和爸爸一样的人，共同为我们国家农村全部的穷苦人都修好了房子，杜甫大诗人的愿望，今天实现了，有意义吧？”

吕海洋写给女儿

吕海洋

■2019 年 8 月至今，由国务院参事室选派至吉林省延边朝鲜族自治州龙井市智新镇龙海村任第一书记。

吕海洋军人出身，与家人长期两地分居，转业后刚刚与家人团聚又远赴异乡扶贫。对于双胞胎女儿，内心终觉有所亏欠，始终想对她们说点什么，可始终无法说出口，觉得说多了矫情，说少了不足以表达内心感受。写这封信的时候，他听到同是驻村第一书记的扶贫战友遇难噩耗，回想身边多位扶贫干部牺牲，以及自身也多次经历危险，他有一种强烈的冲动要给自己的孩子们写点东西，万一不幸有那么一天，也好让她们知道他是爱她们的，不至于太过埋怨自己。于是，有了这封信。

万一不幸有那么一天

聪聪、慧慧：

你们好！

听妈妈说，聪聪去医院拔牙，没有哭，很坚强；慧慧的牙在吃饭的时候自然脱落，很顺利，看着你们拿着掉了的牙兴奋的样子，爸爸的内心充满了踏实的幸福感，这些琐碎的瞬间，于爸爸而言，就是幸福的源泉。

晚上视频时，谈及一个扶贫叔叔因交通事故而身亡的时候，你们突然安静下来，很懂事地说"爸爸，我们需要你"。我知道，你们是在担心爸爸的安危，不过请放心，爸爸会小心的，爸爸也需要你们，爸爸还要送你们上学，还要陪你们长大。但是，你们要理解爸爸，爸爸不远万里来到东北边境农村工作，是有使命的，是有意义的。爸爸有很多话想给你们说，但没法在视频中给你们讲，就写在信中吧，给长大后的你们看，相信你们终会理解并支持爸爸的。

你们经常问爸爸在农村都干了啥？其实说起来，更多的是一些小事、琐事。爸爸所在的这个村子里，经常住的人只有 121 人了，其中 90 岁以上的有 3 人，80 岁以上的有 11 人，70 岁以上的有 20 人，其余的都是 50 岁以上的人了。爸爸没有做什么惊天动地的大事，只是每天都要去各家走一走、看一看，去陪孤独的老人聊聊天，去帮老人种菜，天冷了去看看农民爷爷家里烧炕了没有，天热了去看看蚊虫多不多，有需要帮忙的事，就帮一把。你们可能会很失望，觉得枯燥平淡没意思。生活中哪有那么多辉煌的、激动人心的事，但是这些枯燥平淡的事累积起来就有了意义。很多爷爷奶奶没有太

多诉求，他们只想不被人嫌弃，有人去看他们，有人听他们唠嗑就很高兴。给予的同时往往会收获更多，爸爸获得了一种帮助人的快乐，这种感觉，给爸爸的内心带来了前所未有的充实和宁静。等你们长大了，有能力了，希望你们在生活中也经常去帮助别人，这能缓解焦虑，减轻压力，能给你们带来好运。

你们生下来就生活在北京，以为你们所过的就是正常生活。但是你们不知道，并不是所有人的房子都是楼房，很多人的房子还是独居的瓦房；并不是所有人的房子关了窗户就能够遮风挡雨，很多人的房子还会从屋顶上漏雨；并不是所有人的房子都有暖气、自来水、卫生间，足不出户就能解决一切生活问题，很多人的房子需要烧炉子取暖，需要去室外打水，需要在室外上厕所。你们记得爸爸教的那句诗么，“安得广厦千万间，大庇天下寒士俱欢颜，风雨不动安如山！”爸爸来了之后，做的第一件事就是为一个奶奶修房子，最后她家的房子不漏雨了，窗户换作玻璃了。很多和爸爸一样的人，共同为我们国家农村全部的穷苦人都修好了房子，杜甫大诗人的愿望，今天实现了，有意义吧？

爸爸也要检讨：一是平时对你们不够温柔，视频的时候更多的是批评你们不听妈妈的话，但是请相信爸爸是爱你们的，爸爸在闲暇的时候，看看你们的照片和视频就感觉很幸福。但是爸爸今后还会继续批评你们的错误，直到你们能够独立、完整地了解和适应这个世界，爸爸才能放心放手。二是爸爸这段时间没能继续好好学习总结，时间有些荒废，没能给你们做个好榜样。但是请你们放心，爸爸要求你们做到的，爸爸自己一定会做到。

聪聪、慧慧，爸爸最想给你们说的是，你们一出生就衣食无忧，快乐成长，但是请记住，这不是必然的、应该的，我们都要感谢这个国家、这个时代，我们的命运是和国家的命运紧紧地联系在一起的。当前国运昌盛，但仍然需要一代代人接续奋斗，才能保证一代代人的幸福生活。奋斗不是空话，我们不能只去做一个旁观者，站在一边言而不行，要去做一个入局者，要去做一个踏踏实实真正做事的人，有一份力就出一份力，尽心尽力去做力所能及的事。脱贫攻坚是一件在中国历史乃至世界历史上破天荒头一次的伟大壮举，这是我们历代中国人的集体梦想，甚至可以说是人类社会发展史上的壮举，是足以在人类历史铭记的大事，爸爸为能够参与并见证这段历史进程而自豪。

爸爸相信，当你们长大以后，会为爸爸骄傲的。

爱你们的爸爸

2020 年 5 月 13 日

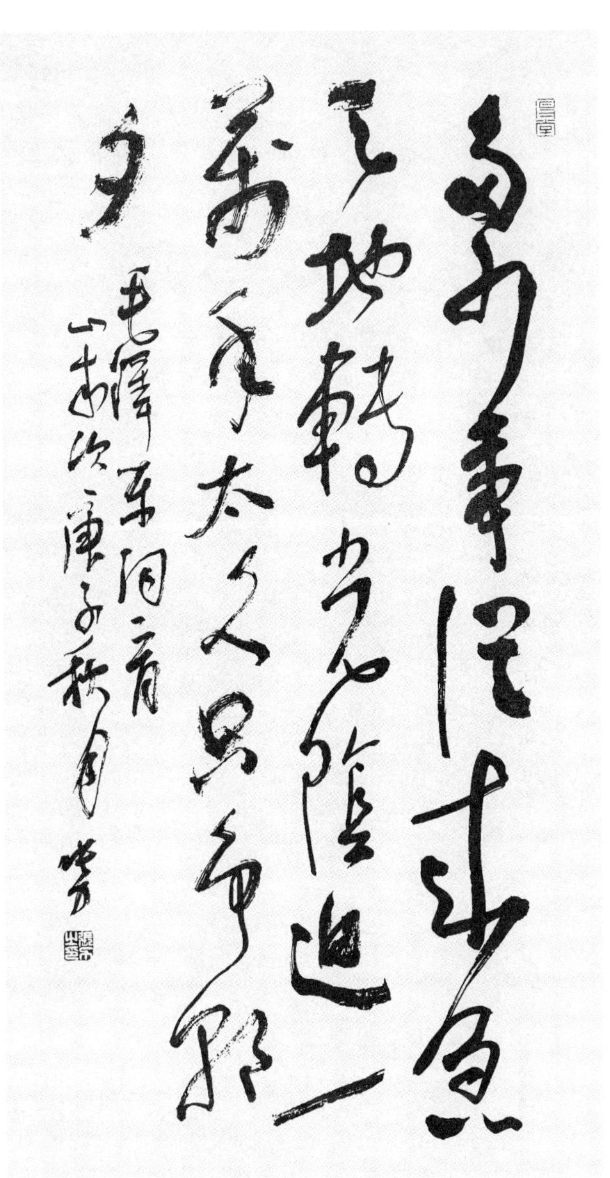

·草书　毛泽东《满江红·和郭沫若同志》摘句·

多少事，从来急；
天地转，光阴迫。
一万年太久，只争朝夕。

“你最近没有陪伴在我身边，但是我知道你心里一直爱着我。”

邵明磊写给女儿

邵明磊

■2016 年 4 月至 2018 年 4 月，由水利部选派到重庆市丰都县包鸾镇飞仙洞村任第一书记。2017 年底，作为重庆市“十九大精神”暨基层脱贫攻坚先进事迹报告团成员在重庆市各区县巡回宣讲。

以下两封信分别是邵明磊在“六一”儿童节之前写给 6 岁女儿的，女儿也在父亲节那天给父亲回了一封信。

我知道你心里一直爱着我

亲爱的萱萱宝贝：

爸爸首先祝你“六一”儿童节快乐，端午节快乐！

请原谅爸爸在你成长的关键时候不能陪伴在你身边，但爸爸一直都是最爱你的。

我们都希望你的人生能够马到成功，但这只是一个美好的愿望，成功的背后往往需要我们付出更多的努力。而正是这个辛苦的过程，才让我们的生活更加丰富多彩，才让成功显得更加珍贵。就像你，虽然几乎每天都要辛苦练琴，但当你弹出美妙的音乐的时候，是不是感觉特别开心？如果没有辛苦付出，是不可能做到的。

上个月我回到家中的时候，发现你的数学有一点小小问题，爸爸还是很担心的。特别是对于20以内的加减法，虽然你基本能够正确地计算出来，但是花费的时间有点长。而这是基础，如果掌握得不够扎实，对你今后学习更多的知识是很不利的。我和你妈妈也好好谈了这个问题，妈妈会每天抽出一定时间来训练你的快速计算能力。虽然开始肯定比较辛苦，但想想你辛苦练琴的过程，和现在能弹出这么美妙的音乐，一切辛苦都是值得的！我相信聪明的萱萱宝贝一定能够克服这个小小的困难，对吧？爸爸相信你！

最后，祝可爱的萱萱宝贝快乐幸福每一天！

爱你的爸爸

2017年5月23日于丰都

邵明磊

亲爱的爸爸：

祝你父亲节快乐！

爸爸，你最近没有陪伴在我身边，但是我知道你心里一直爱着我。其实我也很爱你，心里一直想念你。请爸爸保重身体！

邵逸萱

2017 年 6 月 17 日

“孩子，假如你来到世上，与我相伴一生，那我一定会带你来到云南省红河州金平县。”

王尉育写给未来的孩子

王尉育

■2019 年 1 月至今，由外交部选派到云南省金平苗族瑶族傣族自治县任县委常委、副县长。

以下是他写给自己未来的孩子的信，尽管这个时候他还没有结婚。

扶贫路上的苦辣酸甜

亲爱的孩子：

你好啊！我是你爸爸。虽说自称爸爸，可提笔写这封信的时候，你老爸还没结婚，也不知道会与谁牵手一生，更不知道你在哪里，或者会什么时候来呢！

孩子，假如你来到世上，与我相伴一生，那我一定会带你来到云南省红河州金平县，看看你老爸曾经工作过的地方，在这里你老爸曾参与了一项人类历史上最重要的脱贫壮举。我希望你亲眼看看这片满眼苍翠、高山梯田的沃土，亲自感知边疆金平贫困的苦难往事，感受高山峡谷瀑布围绕的美丽蝴蝶谷，与金平淳朴勤劳的老乡一起喝一杯自家蝴蝶酿，住一住老乡们在梯田边新修建的三层高楼，听一听他们讲述今夕巨变，感受一下中国人民和中国共产党的伟大。你也一定要读读老爸的这封信，感受一下你老爸此时的点滴心情。因为若干年后，天知道你老爸会老成什么样，还记不记得那么多扶贫路上的苦辣酸甜。

就在昨天，由于新冠疫情原因，老爸的派出单位——外交部为金平金水小学举办了一次有特殊意义的远程捐赠活动。外交部很多司局的叔叔阿姨跟老爸进行了远程通话，爸爸我也很荣幸代表金平县委县政府对外交部 28 年来倾情帮扶金平县表示了衷心的感谢。我主要说了什么呢？利用这个机会，我跟外交部战友汇报了金平一个好消息、百姓心中两句话、干部群众三个小目标。

金平一个好消息：

昨天，省级第三方考核评估组结束对金平脱贫摘帽的考核评估，

金平实现高质量脱贫摘帽，外交部28年帮扶终见历史性的成效。28年来，外交部动真情、真扶贫、扶真贫，利用自身平台和资源优势，倾情帮扶金平，派出18任扶贫代表和3任驻村第一书记。对了，你爸就是光荣的第18任扶贫代表。如今，外交帮扶项目遍布金平山山水水、村村寨寨；功德碑上刻满了外交部牵线搭桥而来的世界各国政府、慈善组织、善心人士的义举。金平老百姓牢记外交部领导来金平访贫问苦时所说的话，“外交部既是金平的同事，也是金平的战友，外交部将与金平人民永远战斗在一起”。人在深山有远亲，金平人民为此倍感温暖！

百姓心中两句话：党的光辉照边疆。边疆人民心向党。

这个历史性成绩的取得，离不开各级干部群众的苦干实干，更离不开党中央的英明领导、国家对边疆地区的政策支持。外交部作为中央单位定点帮扶金平，带来的是党中央的政策和温暖。现如今，金平贫困户的家家户户都实现了“不愁吃、不愁穿、有方便干净的饮用水，家里小娃义务教育免费，家人生病能报销百分之九十，住房实现安全稳固遮风避雨”。共产党员带头战斗在田间地头、吃住在老百姓身边、工作做到百姓心中，老百姓打心眼里感谢好政策、感恩共产党。金平最大的易地扶贫搬迁点伉缅小镇的老百姓在小区墙壁上写了两句表达了金平干部群众心声最朴素的心里话。

干部群众三个小目标：消除存量，遏制增量，弯道超车。

消除存量是指在今年6月底前确保全县全部剩余贫困人口脱贫。金平县是9个民族聚居的多民族自治县，还包括两个从原始社会直接过渡到社会主义社会的少数民族（拉祜族和布朗族）。总人口为37.8万，99.8%属于山区，共有建档立卡贫困人口123804人，贫困发生率31.15%。经过努力，目前贫困发生率降至1.26%，未脱贫的

4513 人计划在今年 6 月底前全部脱贫，届时金平将与全国人民一道昂首跨入全面小康社会，最终实现“全面小康的路上，一个也不能少”的目标。

遏制增量主要是指巩固金平脱贫成果，防止已脱贫人口返贫。从短期看，劳动力培训和就业转移是巩固脱贫防止返贫的有效手段；从中期看，产业发展和产业兴旺是必经之路；从长期看，通过教育实现扶智和扶志相结合是最终目标。齐玉书记来金平考察时指出，外交部今后将继续重点在教育和产业领域加大力度帮扶金平，金平干部群众对此感同身受、备受鼓舞。

弯道超车是指利用金平后发优势实现乡村振兴。金平地理位置独具优势、人民勤劳善良、在经商和创业方面有着特定的天赋。当前，金平金水河口岸新区扶贫产业园和美丽县城项目开工建设，个旧蛮耗至金平高速年底即将通车，金平县城至金水河口岸以及金水河口岸到绿春县高速公路规划建设，加上外交部大力助推金平成为云南省唯一一个中国长寿之乡，并力争在康养产业和长寿产品方面实现金平产业新突破，金平这个多民族美丽边城必将在新时代焕发新光彩。

春风送暖，新燕啄泥，此时老爸的办公室窗外一片绿意、生机盎然。勤劳的金平人民正在哈尼高山梯田插秧播种，种下新的一年丰收希望。今天又是劳动节假期，你老爸因为离老家比较远，没有选择回去过五一。这对于我来说，真是有点奢侈。因为这是我来金平工作一年多以来第一个真正意义的假期。你可能会惊讶，怎么一年多才是第一个真正意义的假期呢？因为 2019 年是金平县脱贫摘帽之年，全县干部不分周末节假日，实行请假休息制度。在重压下，舒心休一个假期，还真是很不容易。

回想从繁华首都来到偏远边疆的一年多，颇有一些苦辣心酸。你也可能会奇怪，为什么一个拥有英语语言文学硕士学位的外交官老爸会甘愿来到边疆贫困山区干扶贫工作呢？如果你去问你的爷爷，你可能就会明白其中道理。金平的苦，跟你爷爷那一辈人的经历相比，根本就不算什么。你可能不明白中国在中国共产党领导下70年来翻天覆地的变化，但是如果你了解你爸爸小时候经历的话，你就会恍然大悟。你爸爸虽然来自浙江发达省份的发达县市，但是在20世纪80年代童年时候，也还仍旧为能吃到一个苹果、吃到一顿红烧肉感到无比幸福。在二十多岁的时候，你老爸就志愿申请去最艰苦的西部非洲战乱国家——利比里亚工作了将近5年。你爷爷、你老爸都是不怕吃苦的人，也就理解为什么敢来金平了，因为你的血液里，流淌着不怕吃苦和牺牲的基因。你老爸既然志愿选择来扶贫，就无怨无悔，并且为金平取得的成就倍感自豪。通过这一封信，希望你能感受到这些，也希望你因此花点时间去进一步了解共产党带领人民改天换地、脱贫致富的这段惊心动魄的历史。可能你跟我会有年龄差别和代沟差距，但是这份自豪和无怨无悔，应该可以跨越时空，让我们心灵相通。

最后，希望你为这个伟大的国家和伟大的党感到由衷的自豪；希望你跟老爸一样，永远跟党走，做一个堂堂正正、心中有光，一辈子带着希望奋勇前行的人！

你的老爸王尉育

公元二〇二〇年五月一日

“这是一个没有飞机、没有火车也没有汽车的地方。不过，爸爸告诉你一个好消息，开进大山的路开始修了，爸爸看到好多好多挖掘机、压路机，许多像巴布一样的工人师傅在干活。”

王涛写给儿子

王涛

■2017年8月至今，由国务院研究室选派到河南省南阳市淅川县银杏树沟村任第一书记。扶贫期间，获中央和国家机关脱贫攻坚优秀个人、河南省脱贫攻坚奖贡献奖、河南青年五四奖章等荣誉称号，被河南省评定为2018年度共产党员先进典型。

这是他写给儿子的一封信。信中的“巴布”是视频节目中的主人公，是个小工程师。

一个好消息

亲爱的儿子：

两个月没见面了，昨晚看到妈妈发来你和妹妹背诵唐诗的视频，爸爸眼泪都出来了，真是开心！坚持下去，很快就超过壮壮了，你就是最棒的男子汉！

每次想爸爸的时候，你都会问“爸爸在哪里呢，在干什么呢”？就像你想象的，爸爸在一个深山老林子里，和农民伯伯一起种田放牛。这是一个没有飞机、没有火车也没有汽车的地方；这里也没有熊出没和那个乱砍树的光头强。让人遗憾的是，你让爸爸找的古代人，就是那个全身长满棕色毛毛的家伙，还没有找到，爸爸会继续找的。

你会不会有点小失望呢？不过，爸爸告诉你一个好消息，开进大山的路开始修了，爸爸看到好多好多挖掘机、压路机，许多像“巴布”一样的工人师傅在干活，还有那个天天笑眯眯的老巴布呢。你上次问爸爸修路是不是要砍很多很多的树，爸爸已经和巴布说了，把树移到别的山上，还请了会栽树的科学家叔叔帮忙，这下你放心了吧？

今年暑假妈妈会带着你和妹妹过来，咱们还住在张国治老爷爷家里，爷爷家盖了新房子，奶奶还从山林里给你挖了好多宝贝，就盼着你过来呢！每天吃那些宝贝，你就能像蜘蛛侠一样厉害，想不想做一个会背300首唐诗的钢铁侠呢？但是，不能再叫爷爷“果汁”了哟，只有小孩子才有外号呢。好了，爸爸要去给小朋友们上英语课了，你也要加油哟！明天的明天，再有十六个明天，咱们机场见。

爱你的爸爸
2020 年 4 月 9 日黎明
于淅川县银杏树沟村

“滇东北的山真地很高很高、云真地很白很白，你一定可以看得很远很远。”

熊凤写给儿子

熊凤

■2017 年 1 月至 2019 年 1 月，由农工党中央选派至云南省曲靖市会泽县挂职任副县长。扶贫期间，被评为农工党中央 2018 年度脱贫攻坚民主监督先进个人。

此信是 2018 年熊凤在熊尚质年满三周岁刚上幼儿园时写的。

学习是一辈子的事

亲爱的尚质：

九月是开学季，今天正是你离开家门步入校园的重要日子，可惜我无法亲自陪伴在你身边。作为父亲，我每每愧疚疏于陪伴和教导。不知何时起，你已经能够咿咿呀呀指着文字开始朗读，千里之外看着视频无比慰藉的我，总想能为你做点儿什么，于是打算用写信这样古老的方式与你聊一聊学习，记录我对这个世界的思考，供你长大后参阅。

然而，当我信心满满想为你上开学第一课的时候，却蓦然发现，自己其实对如何学习这个事所知甚少，更不要说教你更好地认知了。我没有上过幼儿园，小时候大山就是我的幼儿园，漫山遍野的菌子和竹笋、山间田野里的稻谷和泥鳅、山下小溪中色彩斑斓的游鱼、山顶云端自由飞翔的风筝……这些大抵就是我孩童时期的全部印象。所以，当你今天顺利地走进幼儿园时，我既为你高兴也为你遗憾，高兴你从一开始就可以更好地被教育能适应社会，遗憾你从一开始就错过了如何去亲近自然。有机会，我还是想带你来我目前工作的云南大山里来走一走、看一看，滇东北的山真地很高很高、云真地很白很白，你一定可以看得很远很远。这里有大海乡的 20 万亩高山草原，牛羊成群、杜鹃朵朵；有雨碌乡 10 千米长的大地缝，溪水潺潺、石像鬼斧神工；有大桥乡的自然保护区念湖，波涛万顷、鹤舞朝霞，无不令人心旷神怡。这里的孩子们学习也很好，虽然家境贫穷，志气却都很高，十分勤奋刻苦，小小的县城一年能够有二十多人考上清华北大，今年有个大学新生就是在工地上帮工时收到了自己的北大通知书。闲暇时，我常去县一中校园散步，这是整个县城风景最清幽、文化气息最浓厚的地方之一，庄严肃穆的孔庙始建于明清时期，置身其中总会让人有必须反躬自省、虚心求教的心思，提醒着我学习是一辈子的事。

从你踏入校门的第一天起，我也必须告诉你，学习是伴随整个人生的一件事。当你所学越多你就会发现你的未知越多，如果将解开所有的未知当成你学习的目的，你就会感觉到你的烦恼也越来越多。其生也有涯、而知也无涯。怎样认识自己的无知，怎样在有限的人生中去选择性地学习，在解惑之余去避免更多的困惑，这是需要我们思考的问题。

关于学习，我与你分享三点：

幼年学术。从每一个人呱呱坠地之时起，就开始了对世界的探索。从手脚和口舌的触碰，到能够发出声音、认知数字，学会1+1=2，不管是对技能的掌握，对感情的控制，还是对算术的了解，幼年时候的学习基本都是在术的阶段。这样的学习有的是被动地囫囵吞枣，有的得益于主动意识的觉醒，在不知不觉间就会了，但往往大多是知其然不知其所以然。因此，所有的小朋友最爱问十万个为什么？为什么鸟儿能在天上飞，为什么鱼儿能在水中游，为什么春天小草发芽，为什么冬天要落叶……感觉好像有多得不得了的学问需要去掌握去了解，而实际上此时我们所掌握的技能和所了解的知识，只是这个世界所展现出来的很小很小的一部分罢了，绝大部分属于这个世界的表象。我们只需要对这个千变万化的世界保持着兴趣就足够了。

青年学法。当我们渐渐成长，所掌握的技能越来越复杂，所了解的术业越来越细致，就会发现越来越需要系统的学习。青年学法，首先指的是方法的法。当方法的掌握运用和自身的兴趣与发展方向相结合之后，将有可能决定你这一生际遇的高度。其次指的是法律规则的法。遵纪守法、重视规则是我们能够得以平安度过一生的底线。青年人容易冲动、容易蔑视和挑战规则，也因此容易撞得头破血流，心中有法、心中有戒、心中有底线，人生才会有自由、健康之体魄、独立之思想才能有基础。到了这个阶段，我们才能够真正开始去理解什么是知行合一，什么是为善去恶。

老年学道。当一个人经历了风雨，了解了世界与社会的复杂，在回顾这一生的时候往往又会多出一些疑惑，又会回归到幼童时期般生出十万个为什么。老年总爱学道解惑，这个道不是当初孩提时曾经看到的世界的表象，也不是青年时所学习的规则与方法，而是想去探寻世界的本质，探寻客观存在的规律。这种规律是“上善若水”、是“治大国如烹小鲜”、是“千里之行始于足下”，我们往往与天斗、与地斗、与人斗了一辈子，回过头来才发现“夫唯不争，故天下莫能与之争”。当洞悉了人生的本源时，我们就会与道合真、同于自然，就能够真正做到其寝不梦、其觉无忧、其食不甘、其息深深，成为真人。这大概就是大教育家陶行知所说的，“千教万教教人求真，千学万学学做真人。”

所以，今天聊关于学习的话题，其实还是在重复你三岁生日那天我送给你的祝福，愿你此生：敬天地，顺自然，知行止，存善意，做真人！

爱你的熊凤

2018 年 9 月 3 日

·篆刻　学习再学习·

“你总是抬起头，骄傲地说：‘我爸爸是书记，第一书记，帮穷人赚钱的！’”

赵博飞写给女儿

赵博飞

■2017 年 7 月至 2019 年 8 月，由中国残疾人联合会选派至河北省沧州市南皮县冯家口镇车官屯村任第一书记。扶贫期间，所带领的驻村工作队被评为 2017 年度“河北省扶贫脱贫先进驻村工作队”，个人荣获 2018 年度“河北省脱贫攻坚贡献奖”“河北省向善向上好青年”、河北省扶贫脱贫“优秀驻村第一书记”等荣誉。

这是赵博飞写给女儿的一封信，写信时已经结束扶贫工作半年有余。

然然哭了，她要你回来

爱女悠然：

这是一封你现在可能还不能完全理解的信，看着你在床上安睡的样子，想着刚才你还缠着爸爸讲睡前小故事，心里五味杂陈，觉得应该留一封信给你，因为在过去的两年，爸爸欠你太多了。

2017 年 7 月 29 日，爸爸去河北省沧州市南皮县挂职第一书记。依然记得爸爸离家时，你看着爸爸一趟一趟地搬行李，你懵懂地问："爸爸，你出差怎么还自己带被子啊？""爸爸要出一趟远门，你要好好照顾妈妈啊！"你努力地点点头答应道："爸爸放心吧，我会的"。车子启动了，你在妈妈怀里举着小手，脸上傻乎乎笑着说"爸爸再见"，妈妈留下了泪水，你用手擦着妈妈的眼泪，安慰妈妈说："妈妈你怎么哭了啊？爸爸很快就会回来的！"这个时候，我也是强忍住泪水，嗓子像堵着一团棉花，向你和妈妈挥挥手，开车走了。

大约十来分钟，手机响起，你妈妈打来电话说："然然哭了，她要你回来。"我停车在路边，眼里的泪唰唰地往下掉，你是个情商很高的孩子，我相信你已经明白爸爸此次开车出远门，与平时拉着一个行李箱离家的不同。手机两端短暂的沉默后，我和你妈妈说："不回了，你带然然出去玩会儿吧，我走了。"稍微平复下心情，启动车子，车子里的音乐开到最大，但我听不到，只觉心里很痛。

爸爸刚去驻村的日子里，晚上经常会收到你妈妈发来和我视频的微信，有时候爸爸会直接挂断，因为经常会有村里的叔叔伯伯来爸爸工作的地方谈事情，等事情谈完了，打开微信，你的妈妈说你已经睡着了，这样的夜晚，对爸爸来说显得特别漫长，你会不会在梦里梦到爸爸？梦到的爸爸是怎样的呢？夜深了，窗外的虫鸣声窸

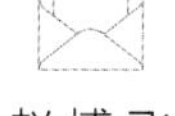

窸窣窣，月光照进屋子，静悄悄地，女儿，做个好梦，原谅爸爸！

回家短暂地重逢，你总是赖在我的怀里说，“爸爸，你怎么一去就那么久？你能经常回来看看我和妈妈吗”？爸爸会拿出手机，让你看爸爸工作的村子里那些贫穷的爷爷奶奶的照片，对你说：“然然，爸爸是去帮他们的，你看，他们也需要爸爸啊。”你沉默一会，问：“爸爸，你是什么工作啊？”“爸爸是第一书记，在村里就是帮这些爷爷奶奶少吃些苦的。”你好像听懂了一些。去年六一儿童节，爸爸在村子里和小朋友们一起过节，当我给那些小朋友系上红领巾的时候，我知道，这个时候，你的老师也在帮你系，爸爸多希望在你身边一起度过这个有纪念意义的时刻。

爸爸回到你身边已经有半年多的时间了，有时带你出去玩，有小朋友问你：“你爸爸是做什么的啊？”你总是抬起头，骄傲地说：“我爸爸是书记，第一书记，帮穷人赚钱的！”这时候，爸爸觉得好开心，这个爸爸引以为豪的称号，没想到在你的心里也这么重。

夜深了，你呢喃地喊了声“爸爸”，脸上洋溢着幸福的笑容。我起身拉开窗帘，朝着第二故乡的方向望着，你就在眼前，但那里注定会成为我一生魂牵梦绕的地方，远方的亲人们，你们现在好吗？是否已安然入眠？祝愿你们在奔小康的坦途上，越走越远。

然然，最后爸爸想和你讲的是，现在的生活来之不易，要心怀感恩；未来需要每一个人都来努力创造，你也是一份子。每一天都不要虚度，好好学本领，长知识，做一个对社会有用的人吧！

赵博飞
2020 年 5 月 14 日
北京房山

“抛家舍业扶贫三年，幸福何在？当你看到扶贫车间那忙碌的生产场景，看到村路两旁那绵延盛开的油菜花，看到贫困户那一张张绽放的笑脸，看到文化广场上那欢庆的腰鼓……我想，你会很容易找到答案的。”

郑汝军写给儿子

郑汝军

■2017 年 3 月至今，由最高人民法院选派到河南省商丘市睢县梁庄村任第一书记。获得商丘市脱贫攻坚先进个人和“商丘好人”等荣誉。

此信写于 2019 年底，是郑汝军与考上大学后的儿子交流的片段。此前，因为扶贫工作繁忙，不能回家，儿子高中毕业典礼和高考均未陪同。

我们应当为此而自豪

想念的儿子：

近好！看到你昨天晚上给我发的微信，了解到关于你的一些情况，知道你功课很紧张，学习很给力，爸爸打心眼里高兴。

我不知道在你心中对爸爸如何评价，敬业的？无情的？自扶贫以来我回家的次数寥寥无几。你 18 岁的成人礼我爽约了，你人生的一次重要考试——高考我没能陪伴。然而，人非草木，孰能无情？其实在工作之余，我也时常思念你们。就如在这个冬日的漫漫长夜里，孤寂的我想起你儿时的乖巧可爱，想起我们一家三口在一起时其乐融融的情景，我也会禁不住泪流满面。

爸爸来到河南这个偏僻的贫困村扶贫，既是个人志趣使然，更是职责使命所在。有时我也会扪心自问：抛家舍业扶贫三年，幸福何在？当你看到扶贫车间那忙碌的生产场景，看到村路两旁那绵延盛开的油菜花，看到贫困户那一张张绽放的笑脸，看到文化广场上那欢庆的腰鼓……我想，你会很容易找到答案的。今年梁庄村又获得了市级文明村和市级美丽乡村两项殊荣，这里面也有你和妈妈背后的付出和力挺！我们应当为此而自豪。

从古至今，在任何一个国家，消除贫困都是人们梦寐以求的渴望。追求幸福是我们每个人的权利，每个人的梦想。梁庄村老人王泰文是我直接帮扶的贫困户之一，老两口与三个上学的孙子女相依为命。前两年我们为他家新建了住房和卫生厕所，落实了教育扶贫等政策，他家实现了脱贫。然而，今年下半年王泰文和老伴先后因病住院，看病刚性支出大，存在一定返贫风险，这让我寝食难安。

不久前，经村两委研究为王泰文安排了保洁员的公益岗位，每月能领到600元工资。那天早晨我在文化广场碰到正在工作的王泰文，他紧紧握着我的手不愿松开。谈及他的身体状况，谈及明年大学毕业的孙女，老人饱经沧桑的脸上洋溢着笑容，那是对未来的憧憬，对幸福的执着追求。能让村里所有人脱贫过上幸福生活就是我们一线扶贫人的追求，也是我作为第一书记的职责。

儿子，这几年我看到听到你的变化。你变得更加自律自强，你更加懂得感恩，你更加有家庭责任感，当妈妈眩晕症发作时，你能够悉心照顾……所有这些都让我由衷地欣喜。你在微信中谈到了专业选择的困惑，说明了你对未来的思考和责任担当。我个人认为，计算机科学与技术是一门很宽泛、有潜力的专业，也是一项扩展性的技能，无论将来就业还是考研都有伸缩性。专业本身并没有高低贵贱之分，贵在精益求精。计算机专业需要较强的学习能力和充沛精力，对你有一定的挑战性。

虽然我们现在天各一方，暂时忍受别离的痛苦，但为了我们将来更加幸福，为了让更多的人过上幸福生活，一切的付出都物有所值。2020年是决战决胜脱贫攻坚全面建成小康社会的关键之年，我将和全国300多万扶贫干部一道，尽锐出战，坚决打赢脱贫攻坚这场没有硝烟的战斗！

今天就写到这儿吧。你若有空可随时给我发微信，我在不忙时肯定回复。祝一切安好！

爸爸：郑汝军

2019年12月30日

“贫困，这个曾经困扰我们民族几千年的名词，今天终于有机会让我们这一代人去努力解决，我为自己能亲身参与这一伟大的事业而自豪。”

钟震写给女儿

钟震

■2017年7月至2019年9月，由科技部选派到四川省宜宾市屏山县挂职任县委常委、副县长。挂职期间，曾于2017、2018、2019连续三年被当地评为脱贫攻坚工作先进个人。

挂职扶贫工作两年，恰逢女儿进入小学的适应期，作为父亲，没能陪伴女儿经历她人生中的第一个关键时期，是想通过这封写给未来的信与女儿分享一些体会，使女儿能在未来明白“一代人有一代人的责任，一代人有一代人的担当”的深刻道理。

海洋离不开每一滴水的贡献

团儿：

十几年后，当你看到这封来自十几年前的信时会不会觉得很奇怪？是的，写这封信的时候你还在读小学，它一直被保存着，希望在你面临人生选择时能有所帮助。那时的你应该已经身在大学校园了吧。你可能是深夜图书馆里那静静的阅读者，也可能是自习室里最后一个关灯的同学，还有可能是运动场上撒欢儿流汗的人。不论怎样，我相信你都一定在为自己的梦想而努力。

可能是年龄渐长的缘故，我也像当年你祖父、祖母一样，开始感叹时间跑得太快。到四川扶贫的这两年，每次回北京都是匆匆忙忙。上次过年回去，看到你又长高了一大截儿，开始自己整理东西，问很多越来越成熟的问题，这让我又深深地感慨了一回，又想起了你刚出生时趴在我肩头安睡的样子。两年时间没有陪伴你的成长，让我有深深的遗憾。

爸爸挂职的这个地方位于四川、云南、贵州三个省的交界地区，是一个山高路陡、地广人稀的国家级贫困县。算上这次扶贫，这是我第三次到这里，也亲眼目睹了这个山区穷县一步步的变化。2002年我第一次到这里扶贫，走进竹席做墙、茅草盖顶、四壁漆黑、八面透风的房子，看到全家所有能被称做家当的东西连一条绳子都挂不满的时候，看到饭锅里只有白水煮菜叶的时候，那种震颤让我终生难忘。再次来到这里已经是 2013 年，那时县城刚刚因建设向家坝水库从金江之畔搬迁到岷江之滨。我们走进工厂和小区，重访当年去过的贫困村，曾经需要颠簸 3 个小时的烂泥路已经被改造为水泥路，新县城里宽阔的马路，一排排的住房，让我不敢相信眼前的变化。这次的挂职，让我有机会与当地人一起来改造他们的家园。我曾爬山两个小时到山顶走访贫困户，也曾颠簸五个小时到深山里探寻高山茶园，有过一天只睡两个小时的体验，也有过开会到深夜三点的经历……我想时间老人带不走这些记忆：与贫困户坐在院坝上拉家常时掠过山顶的晚霞，加完班与扶贫工作队的同事们一起吃方便面时天上的点点繁星，腊月里与乡亲们一起喜迎新春时大家脸上的笑容，科普大篷车开进贫困山区时孩子们眼中的渴望。贫困，这个曾经困扰我们民族几千年的名词，今天终于有机会让我们这一代人去努力解决，我为自己能亲身参与这一伟大的事业而自豪。

一代人有一代人的责任，一代人有一代人的担当。有一天当你站在人生选择的十字路口上时，我真心地希望你在追求自己梦想的同时，一定不要忘了自己身上的责任。俗话说人无压力轻飘飘，只有当你把责任和梦想结合起来的时候，生命才有了远航的压舱石。你已经开始了属于自己的生活，其中必然会有各种各样顺心或者不顺心的事，也会面临很多的选择。但我想，有了心中的这块压舱石，你的人生虽然不一定能风风光光，但一定会精彩出色。

希望你健康、平安。

你的爸爸

2019 年 8 月日

“只要知道这里的人喜欢你，你很安全，我和妈妈就放心了。”

女儿写给陆建新

陆建新

■2015 年 10 月至 2018 年 9 月，由中国出版集团选派至青海省黄南藏族自治州泽库县而尖村任第一书记。2018 年被授予“第八届首都民族团结进步先进个人”称号。

2017 年暑期，孩子随妈妈去青海来探望他。短暂地团聚后，孩子回到北京写下这封信，藏在书桌夹层里，被整理房间的妈妈看到。

你们是新时代最可爱的人

爸爸：

从青海回家好几天了，前天晚上和您微信视频后，我怎么都睡不着，我还听见妈妈又和你说好多话，后来太困就睡着了。这几天的时间真地是太难忘了。

我感觉飞了好长时间才到了青海机场，青海比北京天气凉快多了。你说工作繁忙，所以我和妈妈自己找了酒店住了，第二天我们就去了旅行团。这里的景色太美了，一望无边的草原，像是整片绿色地毯一样，有好多小花做装饰，还有好多大牦牛。我和妈妈去了青海湖、茶卡盐湖、金银滩、黑马河，我还骑了骆驼和牦牛在草原上照相，有一种一块钱一包的纸片，上面画着不知道的图案，一个叔叔告诉我叫“龙达”，洒在天空中随风飞开，也很漂亮。

我和妈妈自己待了两天你才来接我们，看到你我都有点不认识了，从过年回家到现在你又瘦了很多，皮肤也更黑了，虽然我们没说，其实还是有点心疼你的。在吃晚饭和回到宾馆的时候你一直打电话发微信，说的都是开会、学习、沟通、入户，填表什么的，妈妈生气了，我都有点烦了，妈妈跟我解释说你是在工作，村里好多事等着你去办，好多人有事都找你商量，后来我们就不那么生气了。

那天你带我和妈妈到你工作的地方，我现在还记得叫“泽库县”“而尖村”，好奇怪的名字啊。以前我在北京听说8号楼的卓玛姐姐家是藏族的，我还是第一次来到藏族人生活的地方。这里到处都是牛和羊，你还在炉子里烧牛粪，房间里都是难闻的味道。

你出去工作的时候，我和妈妈在房间看电视，好多人推开门看

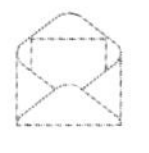

我和妈妈，而且都是那种好奇的眼神，我当时一点没害怕，他们还对我笑呢。后来的几天，我和妈妈陪你来到村里，来到了藏族人家里，我第一次看到有这样破旧的房子，还有他们的小孩子衣服很旧，有些家里条件不好的孩子都不能上学。后来妈妈给我讲了很多，我才知道你做的工作特别重要，而且特别有意义，就因为还有很多这样穷的地方和穷的人，所以才有你这样的扶贫干部，你每天都要想办法帮这个地方脱离贫困的面貌，想办法为这些人找出路改变贫穷的生活。所有的藏族人都对你那么热情和信任，把家里所有好吃的拿出来都给你。

我们虽然只在你那待了几天时间，而且你还经常有工作就要出去，但是只要知道这里的人喜欢你，你很安全，我和妈妈就放心了。妈妈对我说你是几十万扶贫大军里的一员，因为你们离开自己家的生活环境，舍小家顾大家，与藏民同苦同乐，帮助他们致富，帮他们解决困难，才得到他们的信任，你们是新时代最可爱的人，我为您骄傲，我自己也感到自豪。学校让我们写自己敬佩的人作文，我觉得你就是我敬佩的人，我以后也想跟你一样，做有意义的事，也能帮助许多的人，让和我一样的孩子们有干净的衣服穿，能到学校上学，我还可以把我看过的书送给他们，和他们一起学习。

爸爸，您在这个远离北京的地方，高原草原深处，一定要自己保护自己，现在太瘦了，下次回家能胖一点，别让我和妈妈担心。这次去青海是我心里最深刻的记忆，我永远都不能忘，咱们全家都为您骄傲。家里您不用担心，我和妈妈每天都去爷爷奶奶还有太爷太太家，还给他们看了青海的照片。您在青海安心地工作，我和妈妈在家等你平安回来。

代我向那里的叔叔阿姨们问好，明年放假我还来看他们。

希望您工作顺利，身体健康。

陆禹涵

2017 年 8 月 16 日

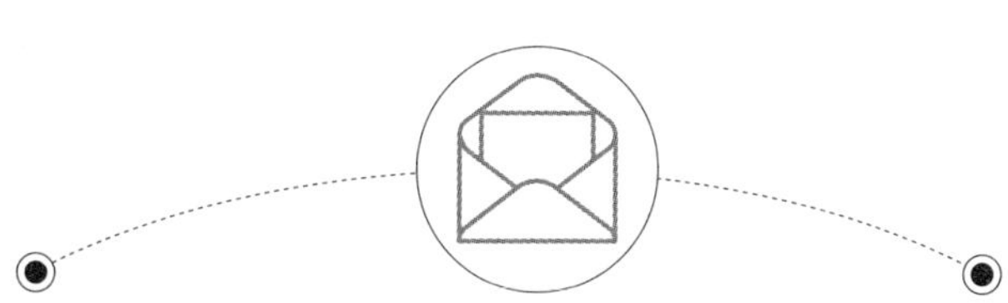

三年前的你是不是三年后的我

“现在盼望着你早点到来，我会到县城接你，不见不散。”

常军乾写给江迎军

常军乾

■2015 年 7 月至 2017 年 8 月，由中国工程院选派到云南省会泽县宝云街道赵家村任第一书记、驻村扶贫工作队队长。曾获得会泽县驻村扶贫工作先进个人，带领村党支部获得会泽县先进基层党组织和会泽县脱贫攻坚工作先进集体等荣誉。

江迎军是中旅集团选派驻云南省迪庆藏族自治州香格里拉市虎跳峡镇桥头村的第一书记。常军乾与其是同期在云南扶贫，虽在不同地区，但经常交流工作，相互学习、相互帮助，建立了很好的“扶友”关系。此信是他们到云南扶贫工作一年多后，江迎军到常军乾所驻村看望之前，常军乾为便于沟通工作、加深印象而写的。

不见不散

迎军同志：

入乡随俗，我就以云南叫法称呼“老哥好”了哈！

盼望你的到来，我们一叙情缘。上次培训见面，听了几位第一书记讲各自的扶贫故事，感同身受，很受启发，很多做法非常值得学习。我觉得我们真应该多交流，互相促进。我来村里一年多了，现在除了抓紧推进村里的扶贫工作，还按县里要求参与县里的扶贫工作尤其是争取高铁过境并设站。扶贫一年多来，故事很多很多，几天几夜可能都说不完，先给你说两件小事，让你有个初步印象。你来我这里后，一定好好在我们村里看一看，给我提提建议。

去年，我刚到村时正值暑期，碰到较多的事情就是有考上大学的学生为学费发愁，还有义务教育阶段辍学的。到村后，村干部带我去的第一家贫困户就有一个小学毕业生，不愿意再上初中，一是家里穷，二是家长也不想让他再读书。他家情况是：家有五口人，奶奶年迈，父亲有轻度残疾，姐姐在安徽上大学，一年回来一次，母亲因家里穷，长期不回家，村委会帮助家人几次把她找回来，但是很快就又离家了，听说在外地打工。村里还有当年考上大学的几个学生，有的为路费发愁，有的为学费发愁。对此情况，我拿出当月工资，并通过微信广泛发动大学和中学同学，号召他们捐资助学，陆续筹集到 4 万元，并和团县委合作，共同资助我村及县里其他乡镇贫困学生 10 多人，帮他们解决暂时的困难。如今，这些小学生、大学生都已经顺利入学。事虽然不是很大，但是对于取得村民的信任很重要，也为后来工作的开展奠定了基础。不同于“因病致贫”，

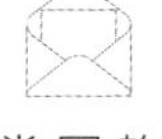

“因学致贫”是暂时的，只要帮一把，等学生毕业后参加工作了，这个家庭就有“自我造血”能力了，会逐步摆脱贫困。在“一方水土养活不了一方人”的贫困地区，教育扶贫是有效的途径。

另外，我之前在中国工程院从事院士医疗保健方面的工作，内容之一就是邀请医学领域的著名专家为院士们定期作医疗保健讲座并现场“坐诊”，每期讲座均录制视频。到村里后，我把医疗讲座从北京“搬”到了村里，在村委会为村民们播放医疗讲座的录像，并请了县医院的两位大夫现场为村民们解读医学知识，为大家义诊看病。没有想到的是，村民对此非常欢迎，每次播放视频，村委会大厅都坐得满满地，像看电影一样踊跃。这样就把北京最顶尖专家的治疗经验、理念和养生知识带到了贫困村。后来，我想起北京西苑中医院在海淀区很多小区墙上都张贴了中医保健科普知识画报，就联系医院宣传处，获得了这些科普宣传画报的电子版。我和村里干部一起，想法把这些医学科普知识全部喷绘在村里房前屋后的墙上。现在经常可以看到三三两两的村民聚在一起对着墙上的知识讨论交流。这些画报张贴后，村里酗酒的见少，熬夜打麻将的也少了。这对大家了解医学知识，了解如何健康地生活起到好的作用，虽然不能根本解决“因病致贫”，但却促进了村民们健康保健的意识。

迎军书记，咱们来自不同的单位，各自的优势和资源也不一样，你的旅游扶贫真好，但是我不太懂，我们工作的优势是科技和人才。过几天你来后，我也想请你帮我看看如何在我们村开发旅游资源，结合科技扶贫，发现亮点，助贫困户发展。现在盼望着你早点到来，我会到县城接你，不见不散。

你的好扶友常军乾

2016 年 9 月 20 日于会泽赵家村

“要‘与老百姓同甘共苦’‘把扶贫工作做到点子上’”

程远写给黄水华

程远

■2015 年 8 月至 2017 年 8 月，由国务院港澳办选派到河北省石家庄市赞皇县西龙门村任第一书记。扶贫期间曾获“中央和国家机关优秀志愿者（首批）”“中央和国家机关最受欢迎的法治人物（提名）”等荣誉。

经过近半年历练，程远对贫困地区的了解和感情不断加深，各项工作逐步展开。在新年到来之际，他把自己对扶贫工作的思考和建议通过书信的方式向单位领导汇报，希望得到上级领导的肯定和指导。此信发出后，单位领导很重视，并通过电话连线充分肯定其扶贫思路和工作举措，特别是对他引介香港青年访问贫困村的活动给予大力支持。

让绿水青山真正变成金山银山

尊敬的水华书记：

您好！展信如面。

2015 年 8 月 3 日，受机关党委和您的委派，我来到河北省赞皇县挂职任西龙门乡西龙门村第一书记，一转眼 5 个多月了。犹记得动身前一天，您与我谈话谈心，提出了“与老百姓同甘共苦”“把扶贫工作做到点子上”等悉心指导意见，寄予厚望。年末，正身处基层扶贫一线的我，特别想提笔给您写封信，简要汇报半年来的工作情况和思考体会。

我挂职的西龙门村位于赞皇县城北 2 千米，共有 631 户 2300 人，贫困人口 507 户 1525 人，无集体收入，因基础建设欠账较多。该村无矿产、无支柱产业，村民长期以粮食作物种植为生。因地少人多（人均不到 2 亩）、地力不足、配套落后，年人均纯收入 2300 元。半年来，按照组通字 [2015]24 号文件指引，我在赞皇县委组织部和乡党委领导下，开展以下工作：（1）团结引导西龙门村两委成员，持续走村入户，听取老党员、贫困户和普通村民意见建议。（2）考察党员活动室、村小学、卫生室等村级组织，了解村情村貌、发现问题短板。（3）协同县、乡党委政府扶贫引资、环卫绿化等工作，配合扶贫办做好本村贫困户精准识别、建档立卡等工作。（4）分析致贫原因、谋划帮扶措施，关心慰问特困户、留守老人。下一步，我们将针对老百姓收入少、增收慢等突出问题，积极争取扶贫资源，着力推动樱桃种植、空心挂面等扶贫产业发展壮大，增强“造血”功能。

经过深入调研，我也对赞皇县域贫困问题有了一些思考。作为人口不足28万的山区小县，赞皇经济体量小、扶贫产业弱，老百姓脱贫抓手不多，惟林果种植（大枣、核桃、板栗等）、农产品深加工（枣饮料、枣蜜、核桃罐头等）等产业颇具特色，可望进一步做强做大。但囿于包装宣传、精深开发和市场推广等方面欠缺有效的方法和渠道，赞皇特色农产品未能充分对接全国市场，以致"好东西烂在锅里"。要实现脱贫摘帽，赞皇必须善用外部资源，加速观念革新、品牌做优、产业升级，让绿水青山真正变成金山银山。循此思路，我运用微信等新媒体持续向社会各方推送赞皇的农产品、太行山风光等信息，以期吸引有识之士参与乡村扶贫。近日，香港专业人士（北京）协会会长冯国佑先生积极响应，希望来年1月初能组团来赞皇，进行访贫问苦、商务考察，助力县域脱贫攻坚。我们将精心组织此次活动，也请您给予大力支持！

来赞皇至今，县委书记、县长及其他当地党政领导和干部群众给予了宝贵支持，帮助解决了许多实际困难。下一步，我将继续扎实工作，力争为贫困地区群众多办好事实事，不辜负你们的殷切期盼。

2016年即将来到。祝您新春愉快、工作顺利、身体健康！也十分期待您和同志们明年择时来赞皇考察指导。

此致

敬礼

西龙门村党支部第一书记程远

2015年12月23日

“坚守初心，是奋斗者唯一的注脚，一世情怀；勇担使命，是奉献者的长情告白，无问西东。”

李光写给赫章县扶贫干部的公开信

李光

■2016 年 10 月至今，由中央统战部选派到贵州省毕节市赫章县任副县长。2018 年被评为全省脱贫攻坚优秀村第一书记、中央和国家机关脱贫攻坚优秀个人。

以下两封信，一封是李光即将离开挂职岗位时，对赫章县全体扶贫干部的一次讲话，算是一封公开信，言语中有感恩，有不舍，还有希冀。另一封信是写给孩子的，有家务事，有扶贫的事，有思念，也有嘱托。

继续燃烧这激情的岁月

亲爱的战友们：

你们好，我是李光，2016年10月由中央统战部派驻到赫章县挂职。倏忽间，白驹过隙，度过了近4年岁月，跨过了5个年头，我也从年近四十来到了奔五的年纪，成为大家的老朋友。

“为什么我的眼里常含泪水，因为我对这片土地爱得深沉”。说起来，我和贵州、和赫章，都有很深的缘分。刚参加工作时，我在贵阳待过8年多的时间，加上现在的4年，前后在贵州已经度过了12个春秋。贵州，早已融入我的心里成为第二故乡。咱们赫章的老熟人、核桃专家——潘学军教授，我的中学同班同学。高中毕业后，我们经历了不同的人生轨迹，二十多年后，他成了著名的潘核桃。因为脱贫攻坚我们又一次缘聚赫章，共同诠释生命的价值和意义。

感谢建平书记、胡海县长的信任，同志们的关心支持，给我一个充分发挥的工作平台。没有你们，一切都无从谈起；有了你们，我在赫章度过了充实、飞逝的四年时光。既往的一切浮现眼前：为了我兼任第一书记的丰收村党费扶贫项目，书记、县长一次次分析研判，勇于担当；为了让假发制品企业招商落地、抗“疫”复产，书记亲赴河南、山东，办公会一次次地调度推动，督促园区完善基础设施，协调贷款为企业鼓劲加油；为了提升赫章脱贫攻坚形象，书记、县长一次次审查设计方案，推动智慧照明实施，点亮了赫章的星空……在智慧赫章项目整体推进中，在山重水复疑无路时，是书记、县长和同志们的强大支持，给了项目前行的无穷动力！曾经的话语，皆在耳边回响：“你开专题会，出纪要我都认”“你签就行”“智慧赫章项目，你牵头最合适”……给了我巨大的鼓舞，让我一往无前。我是一个特别不愿意给人添麻烦的人，而你们给了我足够的包容和空间，40 余次专题会、上百次协调会纪录下我们共同的汗水。

参加工作前 18 年，从事的是国之重器、科技前沿的高、精、尖航天事业；后半段，我投入到补短板、共小康的脱贫攻坚事业，服务老少穷。人生中，能从事两大伟业，夫复何求！尤其现在，能够在全国脱贫攻坚主战场、扶贫开发试验区的发源地——赫章，亲历决战决胜脱贫攻坚，亲眼见证伟大历史，我十分激动和自豪。

“纳威赫，去不得”“小康不小康，关键看赫章”，道出了我们群众生活的不易，工作的艰辛。在赫章这几年，我深刻体会到深度贫困县县域经济转型发展的瓶颈和难处，深刻体会到咱们基层干部繁忙而难以有序、压力巨大的工作状态，深刻体会到深山区石山区老百姓的质朴和渴望。我更是亲眼看到了县委县政府带领广大干部群众战天斗地的信心和决心，亲身经历了这几年翻天覆地的变化和消费转型升级，深切感受到老百姓对过上好日子的幸福感和感恩心。

赫章，一直在破浪前行；而我，终究要原路返航。作为挂职干部，把自己活成一盏灯，就可以照亮别人、温暖自己。感谢这段峥嵘岁月！坚守初心，是奋斗者唯一的注脚，一世情怀；勇担使命，是奉献者的长情告白。决胜之年，只争朝夕，让我们，秉持党章守初心，继续燃烧这激情的岁月，并把彼此珍藏。

此致

敬礼

李光

2020 年 4 月 24 日

小小李大宝：

距离5号那天的分别，过去半月，此去经年般的思念，唤我绕指柔肠。离家4年，越是往后，对你的不舍和记挂越发地紧了，应是你长大懂事了，而我变老了的缘故吧！

2016年我去挂职时，你刚刚3岁，还没入园，现在你已经是一年级的小学生了。前几日看到班级群里，老师在发系红领巾和少先队歌的教学视频，嚯，宝宝马上是少先队员了！竟忽然湿了眼眶……这次五一劳动节，本以为无法回京，但节前北京宣布疫情低风险地区抵京人员不再隔离14天，我才得以与你相聚。距春节后我离家不过3个月，你又长高了3公分，不开学的缘故，你与小区的伙伴们，玩得好开心，也不再需要我伴你上下电梯了……

赫章，现在到了决战决胜脱贫攻坚战的最后时刻，正月初二起，县里已基本没有节假日。爸爸和同事们，在战天斗地，不分昼夜；山里的百姓们，在争分夺秒，种植各种农作物和中药材。你知道，爸爸在的地方疫情不严重，但也受到很大影响：商店、餐馆不能正常开业，很多人无法外出打工，爸爸也用手机开起了视频工作会，就像我们用微信视频一样，不过参加的人多了些。时间不等人，庄稼看农时，又赶上了几十年不遇的大旱，所以，一切都变得更加艰难。但，爸爸告诉过你，咬定青山不放松，办法总比困难多，对吗？

在你还没出生的时候，爸爸在军队里呆过很久，为国家的航天科技事业工作，巩固国防；现在，爸爸在大山里工作，为脱贫攻坚事业工作，帮老百姓过上更好的日子。这既是很重要的工作，又是很艰巨的挑战。你没有见过爸爸穿军装的样子，是爸爸心中的一个遗憾。但我相信以后你长大了，会为爸爸感到自豪，为我们的国家感到骄傲。

赫章，一直在破浪前行；爸爸，即将原路返航，与你相聚。在赫章的这几年，爸爸亲眼见证了这里翻天覆地的变化，深切感觉到了老百姓过上好日子的幸福。你曾在暑假时来过几次，但我仍然希望今年你能再来，跟爸爸一起告别赫章。

以后，我们把赫章当作我们的又一个家乡，经常回来看看，观察它的变化，好吗？姥爷现在北京住院，病得很重，后续治疗会很艰难。妈妈很为此事烦忧，还要辅导你的功课，我听她的嗓音，始终是沙哑的。你是个大孩子了，在家里要听话，适当地分担家务，更要注意安全。对了，你的饺子皮擀得不错，比我强啦！

工作之余。我在朋友圈里看到了昨夜北京雨大，看到了雨后初霁的蓝天、太阳。大宝，好好生活在这个美丽的世界吧！

爸爸

2020 年 5 月 23 日

“如果再来三年，阳坡村会是何等面貌？让我们且行且珍惜，以更大的热情努力工作吧！”

李建伟写给韩庚

李建伟

■2016 年 3 月至 2017 年 6 月，由北京航空航天大学选派到山西省吕梁市中阳县挂职任副县长。

这是一封关于扶贫工作接力、扶贫精神传承的信。李建伟和韩庚先后在这里扶贫。信中所言是一位老扶贫人对新扶贫人的爱护关照以及传经送宝，字里行间真挚实在。韩庚是位 90 后博士，现在中阳县下枣林乡阳坡村任第一书记。

三年时间，能改变什么

韩庚：

见字安好。

昨天你和老许带乐乐来北京口腔医院进行腭裂手术复查，我正好来了杭州，没时间见面了。看到你发来乐乐说话的视频，三年多了，终于能基本听清孩子说的每一个字了，这实在是一件太开心的事情。虽然早就想到了今天的结果，但听到声音的一瞬间还是让人鼻子发酸，心里唏嘘，眼睛模糊……老许两口子把孙子拉扯到10岁，这一刻起，他们才算是物质精神双脱贫了，可喜可贺！

关于你上次回京说到的村养老照料中心的持续运转问题，我上周专门给学校做了汇报。领导老师们每次去阳坡，对养老中心20多个老人温暖平和的笑容都印象深刻。大家都觉得，这个中心是整村脱贫以后持续提高村民获得感幸福感的好做法，是我们制度优越性的真实写照，一定要把它很好地办下去。在考虑明年工作的时候，要请学校资产公司再给10万元专项经费。同时，你这边也抓紧探索，怎么样更好地采用"村集体经济+学校+社会"共同支持的方式，开源节流，为中心提供连续稳定的资金支持。

前些天后勤的老师跟我说，他们9月中旬又给村里的爱心超市补了一批货。对于超市的管理，你和老许书记采取的让村民参加集体活动换积分，用积分换商品的方式，确实是个好主意。下一步，如果能通过超市这个点，把党员同志、先进村民们的积极性更好调动起来，不仅村委工作好做了，这本身也是阳坡美丽乡村建设的一个硬抓手。大家都来当雷锋，你和老许心心念念的林下养鸡、蚯蚓

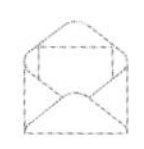

养殖，还愁不能一呼百应么？

至于村民们关心的扶贫车间订单问题，我最近跟航电公司建江董事长认真讨论过。今年的贸易情势，对他们的磁电产品多少有些影响，给村里的订货量也有下降。解决的办法，我想一个是让航电公司增加供货种类，除了电子线圈，再看看还有哪种产品适合村民在家加工制作。再一个，吕梁山上再过一个月天气就凉了，村民进城过冬的人在增加，可以把进城村民集中起来，在县城的科技孵化器设阳坡村的加工车间。村委统筹，大集中，小分散，灵活机动，一定能够让扶贫车间带着老乡们持续增收，稳定脱贫。

过几天，你到村里的时间就快半年了。每次看照片，直观感觉是你晒黑了不少，你自己一定有更多感触。回想帮龙同志 2015 年到村的时候，阳坡村的条件比现在艰苦很多。他当时想把四个自然村都走一遍，眼看几座山头就在跟前，但跑一圈下来至少 10 个钟头。当时他给我写过一封很长的邮件，头一个愿望就是修一条 10 公里的通村公路。2016 年冬天我们在雪后进村，爬坡的时候汽车还出溜到了旁边的水沟里。最偏远的野鸡塘自然村，不仅路不好走，吃水都非常困难。二儿子在北航后勤工作的雷月爱大姐，几眼窑洞住了几十年，一心盼着在城里安个家。许乐乐一家孙子残疾，老人重病，压得全家人喘不过气来。一方水土养不了这一方人，我们当时真的有望路兴叹、望山兴叹的感觉呀！

三年时间，能改变什么？ 2018 年中阳在山西首批脱贫摘帽，我再回中阳，5 米宽的柏油路就直通阳坡了。野鸡塘村已经整村搬迁。月爱大姐一家搬进新居。乐乐做完了牙齿矫正手术，吃饭能咬的动，又在城里跟班上了学。平时“两天一顿饭，一顿吃两天”的老人们，在养老中心集体“上灶”，幸福都写在脸上。连身患癫痫的 30 多岁光棍许小宏，也在扶贫车间做起缠线圈的工作，还给村里大姐们当起了“教练”。从习近平总书记到贫困村的驻村第一书记，扶贫是一项这么多人都满怀深情锲而不舍接续投入的一项大事业。我们何其有幸，参与其中。如果再来三年，阳坡村会是何等面貌？让我们且行且珍惜，以更大的热情努力工作吧！

写了这么多，与你共勉。

顺致

安康！

兄建伟

2019 年 9 月 23 日

深入實施精準扶貧精準脫貧
小康不小康關鍵看老鄉關鍵在貧困的老鄉能不能脫貧足寒傷心民寒傷國
錄習近平重要講話
庚子年秋月張力書

·楷书　习近平关于扶贫工作的重要论述摘录·

深入实施精准扶贫，精准脱贫。

小康不小康，关键看老乡，关键在贫困的老乡能不能脱贫。

足寒伤心，民寒伤国。

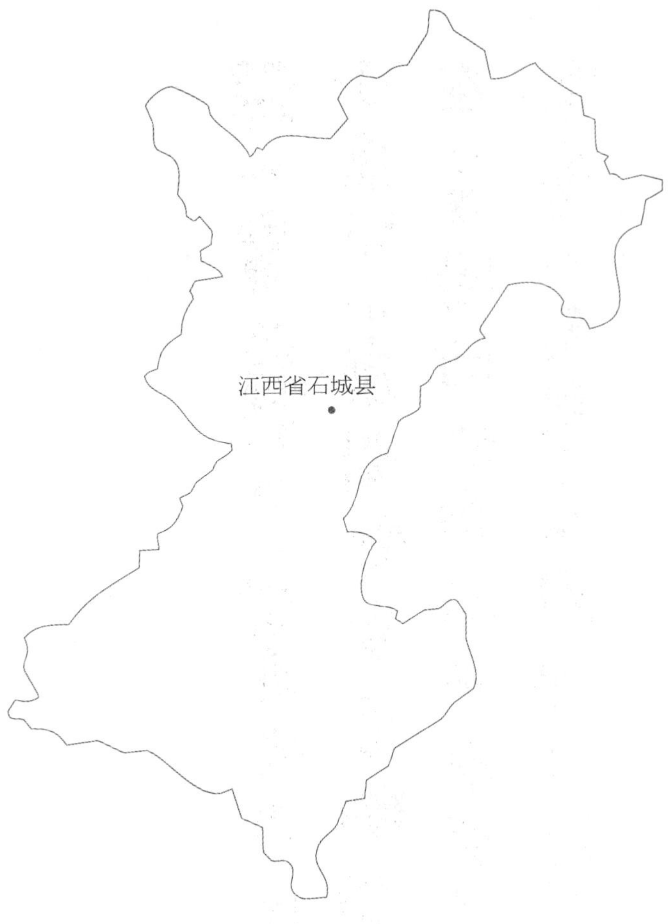

“人，一辈子能做成一件事就不错了。”

王林写给赖由运

王林

■2014年1月至2016年1月，由司法部选派到江西省石城县挂任县委常委、副县长。

他与他是同事，曾经为了一个工业项目而努力。一次电话之后，得知曾经的同事即将退休，王林写下了这封信。

往事并不如意

赖局长：

你好！

昨天接到你的电话，谈起了当年在江西石城的点点滴滴，你说起我们当年引进的江西省石城县晶科电力太阳能光伏发电项目，自2016年初并网发电后，已为县里创造了数千万元的税收，极大地推进了县里的扶贫工作。是的，该项目是江西石城有史以来最大的工业项目了。

往事并不如意，你的话一下子把记忆拉到了我在石城挂职的岁月。那时，我刚到石城挂职，人生地不熟，你正好分管农口的招商引资工作，我也参与招商引资工作，联系农业局等几个单位的招商引资。一来二去交往多了起来，现在想来，非常感谢当时你对我生活的各种照顾。

提起那个项目，我也是有很多思考。和你一次次地调研后，我们都认识到，在县城招商引资，必须依赖县城本地的资源。经过调研，我们发现石城具有丰富的矿产和太阳能资源，矿产资源开发阻力很大，怕影响当地环境，而太阳能作为干净的新能源，其发展得到各方面的支持，可以做文章。于是我们一起想办法协调资金项目，事情也有了进展。县委县政府主要领导对新能源建设十分重视，并依托丰富的太阳能、风能资源成立了新能源产业推进领导小组，针对新能源产业的引进和发展，积极落实财政、金融、税收、土地等方面特惠政策，制定出台支持产业发展的配套政策，畅通新能源产业发展绿色通道。

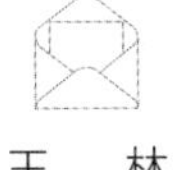

事非经过不知难啊！这个项目也给我带来很多思考，心里也一直在不停地总结，也与您分享一下，请指正。

我想，这个石城历史上最大的工业项目，之所以能做成功，可以总结这么几条原因：一是拿到了发改委的光伏能源补贴批文即路条，享受到了国家政策扶持，得到了发电补助。二是要寻找有实力的企业，最好要找到业内前五名的企业来投资。三是要具有一定的资源禀赋。石城县年太阳辐射量从检测结果来看（几个公司的检测结果不同且相差较大），总体上还是不错的。四是地方党委、政府要重视。第五条，也是最关键的，要有办事的核心力量，要有一个能干的项目领导小组和工作班子。你具体负责项目办公室工作期间，和项目办公室成员一起讲奉献、想方法，根据当地情况，能够结合实际按照总体规划有序推进。特别是你曾经参与过当地重大项目的建设，经验丰富，发挥了重要的骨干作用。

昨天你说你马上退居二线了，可谓功成身退。人，一辈子能做成一件事就不错了。国家将在2020年实现全面脱贫，回首在国家的脱贫之路上，我们付出过汗水和努力，也做成过一件事。我们是幸运的，能够融入和参与这次中国历史上前所未有的脱贫攻坚大业，在历史上留下自己的印记。

遥祝身体健康，万事如意！

王林

2020年5月14日

“你本不爱哭，到了这里，你就爱哭了！”

韩圣迎写给“爱哭的你”

韩圣迎

■2016 年 1 月至 2018 年 3 月，由中国法学会选派到重庆市开州区先后任岳溪镇插腊村、温泉镇白玉村任第一书记。曾获“重庆市开州区脱贫攻坚工作先进个人”“中央和国家机关脱贫攻坚优秀个人”称号，2019 年荣获“全国法学会系统先进个人”称号。

韩圣迎同志扶贫期间，妻子做手术，父亲脑血栓住院，帮他照看孩子的岳父突发脑溢血，但他一直坚守在扶贫一线。2017 年的一天，韩圣迎在扶贫工作中突遇车祸，险些丧命。面对家庭困难，他没有流泪，而面对群众，他多次流泪。成年人的每一滴泪都是对自己的奖赏。他在结束扶贫工作之后，给曾经爱哭的自己写下这封信。

泪水浸湿了我成长的足迹

爱哭的你：

你本不爱哭，到了这里，你就爱哭了！

几块腊肉话沧桑，一声问候泪满面。青山蓝天白云间，艰难困苦不曾远。

这是你去年10月份，看望白玉村六社丰岭海拔最高处困难老党员李明才时，走进他破旧不堪的屋里，老屋四处漏风，没有一件像样的家具，猪圈挨着做饭的灶台，屋顶上悬挂着几块发霉的老腊肉。老人家拉住你的手，话未出口泪先流。头顶烈日，看看蓝天、白云，面对青山，在脱贫攻坚日志本上，你写下了这四句话，这也是你两年扶贫工作的真实写照，这四句话时刻提醒你贫困、病痛、灾难一直存在，脱贫攻坚任重道远，尽锐出战，精准施策，时刻不敢懈怠。

脱贫攻坚两年，挂职扶贫秦巴山区两个贫困村第一书记，最难忘的是走进贫困群众家中，看到破旧不堪的老屋，锅里煮着可怜的饭菜，卧床多年的老人病痛缠身，颤颤巍巍说着听不清楚的话，衣衫褴褛的孩子期盼的眼神。一声声叹息，一滴滴眼泪，扎心地疼。面对泪流满面的贫困群众，你不敢掉下眼泪，唯有比他更加坚强，才能帮贫困群众树立摆脱贫困的信心，让他看到生活的希望。但你还是掉泪了，印象最深刻的就有这三次。

第一次流泪。

2016新年前夕，公历12月23日，农历十一月廿五日。给驻村工作队和村两委开完最后一个脱贫攻坚迎检会，已经是深夜23点25分。窗外的冬雨，滴答滴答敲击着遮雨棚，不紧不慢，声声清脆

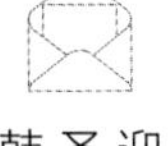

入耳。为迎接重庆市脱贫工作验收，你带领驻村工作队和村干部，白天下村入户攻坚克难，晚上开会研究脱贫措施、做扶贫档案，“白加黑”“5+2”，没有白天黑夜、没有节假日地全身心投入脱贫攻坚战之中，空气中天天弥漫着一股“战争”的火药味。

你写完当天的扶贫日志，走出屋子。寂静的夜晚，天气阴冷阴冷，刺骨的寒风阵阵袭来。“祝你生日快乐！”驻村工作队员李小华和新生书记，异口同声地用重庆方言喊起来，小华主任递给你一个纸杯，不知道从哪里搞来的饮料。你愣在原地僵住了，纸杯被放在手里，话未出口泪先流，控制不住的泪水，哗哗流了下来，想说一句“谢谢”，却哽咽在喉，一个字都吐不出来。这时，驻村工作队员和村干部十几个人同时举起纸杯大声说，“韩书记，我们敬你”！镇上分管扶贫的新生书记对我说，岳溪镇插腊村永远是你的第二故乡，等到全村脱贫验收过关后，我们送你回家，

端在手中的小小纸杯感觉有千斤重，任凭怎么举都举不到嘴边，泪水不争气地不停流下来，任凭手背擦也擦不干净，你大步跑到水龙头前，用冷水使劲冲一把脸。是啊，很长时间没有回家了，家里做手术的妻子和还在发高烧的孩子咋样啦?！还在医院住院的父亲咋样啦?！

第二次流泪。

2017 年 9 月 10 日下午，白玉村山上雾气弥漫，初秋天气渐凉，天空下着毛毛细雨，你给四社贫苦户刘大娘送去几件棉衣。刘大娘老伴病故得早，儿子到郭家镇当了上门女婿，儿子和女儿又都去广东打工了，老人长期一个人住在山上。你把棉衣一件件披在她身上，让她试穿，有一件紫色的呢子大衣，她穿着合适，也很喜欢，老人很高兴，爽朗地笑起来。她拉住你的手说，“韩书记，你长期来屋

里头看我，屋子漏雨了帮我们修，吃不上水帮我们牵水管，生病了帮忙联系大夫，还送来了李子树苗，送来了过冬棉衣，中秋节前还给你们送来了月饼，你们帮扶干部比你亲生儿女还要亲呦，韩书记，你就像我的干儿子”……老人笑得合不拢嘴，突然问你，“你的父母在哪里啊？你也要经常去看看他们啊”。

站在白玉村九匹梁大山之上，面对老人一问，你竟然一句话也回答不出来，强忍眼眶里打转的泪水，赶快给老人挥手告别。绕过山坡，泪水夺眶而出，却怎么也控制不住，用手去擦，却总也擦不净。同行的村干部章成树说，“这几个月重庆山区高温酷暑，为了扶贫工作，你一直在山上跑来跑去的，太辛苦了，马上中秋节了，你也回山东老家看看老父母吧”。天色渐黑，下山的路若隐若现，秋雨沙沙下起来，不争气的泪水断断续续一直流到了山脚下。

第三次流泪。

昨天晚上接通知，上级有个重大选题策划《村不脱贫誓不还，20 位第一书记说给总书记的话》，组织上让我拍一段 3 分钟左右视频，展现贫困村脱贫攻坚情况，向习近平总书记汇报脱贫攻坚以来村里的新变化、新面貌。

今天是 2018 年 1 月 1 日元旦，连日来秦巴山区大雾，白玉村群山弥漫在雾海中，寒冬天气，冷风刺骨。因为是元旦节假日，镇上、村上干部都休息了，你联系了几个人都外出了，最后找到温泉镇宣传委员程委员，她帮忙联系了开州电视台小谭，小谭和男朋友小李原本计划去看电影《芳华》，听说帮忙拍摄脱贫攻坚视频，二人主动放弃了看电影的机会，小李也扛起摄像机变成了扶贫志愿者。县发改委的伍师傅中午去大德镇串亲戚，饭后也开着私家车匆匆赶来，帮忙拉摄像器材上山。

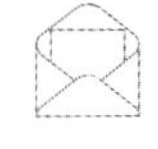

韩圣迎

为了全面展现白玉村脱贫攻坚后村容村貌，你们选择到海拔最高处六社丰岭拍摄视频，在公路沿线选了一个视野开阔的平坝，面对大山，向总书记汇报脱贫攻坚以来村里的新变化、新面貌，讲村里脱贫攻坚情况，说老百姓身边事。

总书记最牵挂的是困难群众，你们全村 2715 名父老乡亲也一直牵挂着总书记。

当时，你身穿在部队服役时的迷彩服站在山坡上，背对巍巍群山，面对摄像机镜头，慷慨激昂地一遍又一遍汇报村里的脱贫攻坚工作。虽然天气很冷，但你浑身充满了激情。视频拍摄完成，乡亲们自发热烈鼓掌，困难老党员老李家两个孙子两个孙女，向北京方向举手行少先队礼，看到那严肃认真又可爱的样子，我又流泪了。

泪水浸湿了我成长的足迹，泪水也打湿了我脱贫攻坚的成绩。在那段艰苦奋斗而充满骄傲的日子里，我把泪水留给自己，现在留给过去的你。这是无法忘却的记忆。

此致

敬礼！

韩圣迎

2018 年 1 月 1 日

“山村青翠秀丽，却不时展示人性的直接、原始。灵魂如涅槃，人生如修行。在这三年的扶贫中，你会重新审视自己，遇见自己。”

时鹏写给三年前的自己

时鹏

■2017 年 2 月至今，由国家知识产权局选派到湖南省张家界市桑植县，先后任廖家村镇二户田村、陈家河镇仓关峪村第一书记。当前，他帮扶的两个村均已顺利脱贫出列。2019 年，他被评为桑植县最美扶贫人。

接近打赢脱贫攻坚战之时，总结自己三年多的扶贫工作和生活，时鹏感到各方面的收获都极大，不禁庆幸甚至感激自己三年前所做的决定，于是，有了这跨越时空的一封信。他把这封信看作是扶贫以来，对自己精神进步的总结和回归。

三年前的你是不是三年后的我

时鹏：

你好！接到这封来自三年后的信件，是否惊异无比！这封跨越时空的信，是为了表达对你三年前所做决定的感谢。

写信的我，是你、又不是你，因为我是你三年来脱胎换骨、宛若新生地存在。之所以有如此改变，是缘于你的那个决定——扶贫。我将其中缘由，向你娓娓道来。

在三年扶贫工作里，你所处的时间、空间，都将被赋予使命之意，你所经历的世事，让内心变得充盈。

初来之时，这里山河表里，幽深险峻，你的内心会如同眼前横亘的大山，厚重，彷徨。而现在，同样连绵的山，四季常青，雨后，山尖云雾缭绕，两山之间，澧水碧绿无暇，一叶扁舟静静驶向落日。余晖下，变电站和信号塔耸立山顶，刺破穷困的边际。

有首歌你会听到——《马桑树儿搭灯台》，讲述抗战时期凄美的爱情故事。她的精神，你可以从红二、六军团长征出发地去寻找，从贺龙元帅故里去感悟，甚至你将要扶贫的那个村子，都有着贺龙元帅捐建的花桥。你逐渐了解和意识到，脚下是片红色热土，浸含这里几万儿女的鲜血。当你看到如此付出的土地，竟依然还笼罩在穷困的阴霾之下，你的心，会碎掉并融于这里。

这里是土家族聚居之地，他们热情、执拗，毫不掩饰对你的评价，像是一场大考中，分数即时展现。他们能够看透你的心，将其中之意，来作为评价标准。所以，这几年间，你需做事凭良心，无愧于心。他们脸上会为此洋溢微笑，满含发自内心的真诚。这里，你突然感受到，那些外在荣誉、职称，等等，都如同山顶随时会散逸的雾气，而村民肯定的笑容，会直抵你的内心，这将成为对你永存的最大褒奖。

有些见闻让人心碎，因为贫穷，无法做出选择，尽管这些选择，对别人来说轻而易举。

我盲目建议一个成绩优秀的初三姑娘上高中，将来考大学——她低头沉默，红了眼圈。因为贫穷，她只能选择免费师范，但心中的大学梦，如何才能熄灭。

一个男孩，中考时考入高中重点班，却仅仅因为相当于一张我从北京飞到湖南的机票费用，就要被家人带离学校。

贫困家庭，男人勤劳能干，不幸突然得病去世，女人紧紧搂着两个男孩，止不住的泪水分明在说：天塌了。

另一个家庭，妻子勤快，因病去世后，只剩男人和女儿。男人终日饮酒，生活邋遢如烂泥。去到他家，满屋破败肮脏，无插足之处，见有生人，女儿双手捂住脸。我眼圈红了。

山村青翠秀丽，却不时展示人性的直接、原始。经受着冲击，你的内心会沉到最底，会无比包容，会云淡风轻，你逐渐变得能够坦然面对困境，明白何为至善至美。灵魂如涅槃，人生如修行。在这三年的扶贫中，你会重新审视自己，遇见自己。

在你自己蜕变的同时，你身处之地也在发生巨变。这里的道路、房子、产业如雨后春笋，这里的医疗、教育以及人们的思想，都在发生着变化。当你驱车第一次在新建成的高速公路上行驶，当你买下第一张从这里停靠的动车票，当你听到你帮扶的村子被宣布脱贫出列，当你听到这片我们单位在此扶贫 26 年、有着 40 多位前辈都曾挥洒过汗水的土地，被宣布脱贫摘帽时，时代的声音轰隆作响。

我时常会跳出日常琐碎，以局外人角度审视，越发感觉，扶贫是项蕴含多么巨大含意的伟业，我们身处一个多么幸运的时代。人生如戏，舞台多样，而你的这个选择，会因此踏上扶贫的舞台，而这个舞台，无疑是璀璨绚丽的。

衷心感谢!

祝好!

三年后的你

2020 年 4 月 28 日

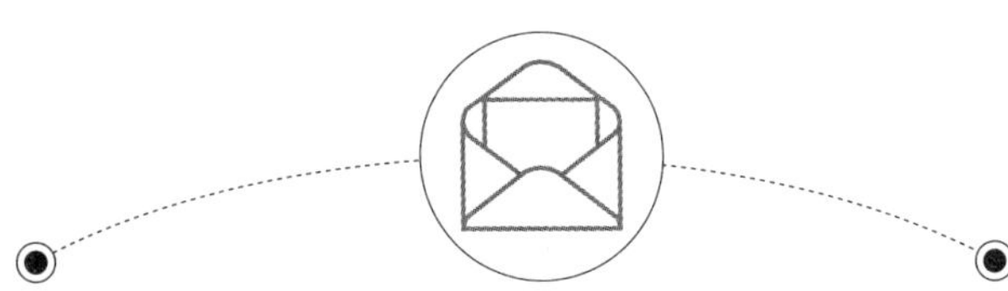

你们是我一生的惦念

“想来，能将我的青春年华、人生轨迹与广大农村、太阳村父老、太阳村的发展联系在一起，这是我人生之荣幸。”

张忠虎写给父老乡亲的离别信

张忠虎

2015 年 12 月至 2017 年 11 月，由中国化学工程集团有限公司选派到甘肃省庆阳市华池县城壕镇太阳村任第一书记。其间，曾获甘肃省脱贫攻坚工作“先进帮扶队员”荣誉。

此信，写在他即将结束任职离开太阳村之际。

把革命老区精神发扬光大

敬爱的太阳村父老乡亲：

根据组织安排，我将在近日离开这里了，离开太阳村到其他岗位去工作。自 2015 年来到村里，大家对我关爱有加、悉心照顾，忠虎心存感激，我衷心感谢大家。在这段时间里，我更加深刻认识到广大农村的实际情况，特别是感受到了各位父老的生活境况。同时，我也看到了近几年，国家推动脱贫攻坚，村里生产生活条件的不断改善。陇东大地黄土高原的自然环境条件有限，但她是养育我们的土地，我们应该始终热爱她、保护她、建设她。我们看到了美好希望，但更需要的是继续发扬艰苦奋斗的精神，把南梁革命老区精神发扬光大，为我们自己创造美好的生活。

在太阳村的时间里，各位父老乡亲教给我许多，做人做事、善心善为，这些我都会记在心里。太阳村于我的深情厚意，我将深深铭刻在心里；各位父老以及与我一起奋斗过的领导同事对我的帮助，我将常记心间。

我在太阳村期间，中国化学工程集团多位领导多次前来调研指导，给予扶贫工作鼎力支持。集团领导谆谆叮嘱我，一定要把村里的工作做好，要把中央企业的社会责任和勤勉务实的精神留下，这些都一直激励着我不断前进。

广大农村发展潜力巨大，咱们太阳村一定能在上级党委和政府的领导下、各帮联单位的帮助下、太阳村两委的带领下，抓住机遇，实现重大发展。一是继续利用好广大、可贵的土地资源，做好产业发展的大文章；二是转变发展观念，利用更多创新方法谋发展；三

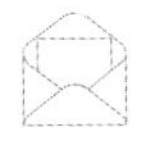

是树德、树人、树新风，利长远、利后代。每一个规划、决策背后都有大量的实际工作要做，可能要流汗、流泪，甚至流血。所以，我们必须要用求真务实的工作作风、坚定不移的精神信念把我们当前未完成的每一项具体工作继续向前推进、落到实处、见到实效，这是根本。我们相信，有党和政府做坚强后盾，通过大家的辛勤劳动，我们的生活一定会越来越好！

人的一生要做很多事情，特别是能做有意义的事情，更需要倍加珍惜机会。我认为，我在太阳村的工作就是我人生中非常有意义的事情。在这里的点点滴滴都记录进了我的个人日记和工作日志当中。虽然我竭尽全力，但仍不能令自己满意，还有许多工作没有做、还有许多工作没有做好，心有惭愧。想来，能将我的青春年华、人生轨迹与广大农村、太阳村父老、太阳村的发展联系在一起，这是我人生之荣幸，于我来说极有意义。以后，无论我走到什么地方，在什么工作岗位，我都不会忘记太阳村父老乡亲、不会忘记太阳村这片热土！

临别，百感交集。谢谢各位父老乡亲、领导同事！

忠虎

2017 年 10 月 19 日

“人是要有精神的，精神力量的能动作用会让你突破自己的想象，强大的精神力量会转变成为现实的物质力量。”

方世杰写给贺祥社区党总支

方世杰

▇2016年4月至2019年4月，由中国大唐集团有限公司选派到河北省魏县挂任县委常委、副县长。

结束扶贫工作一年后的2020年4月，方世杰收到魏县寄来的《梨乡岁月——方世杰》一书，手捧墨香，心有所想，在魏县工作的日日夜夜、点点滴滴涌上心头！忘不了工作中的酸甜苦辣和风风雨雨，抹不去记忆深处的梨乡深情，放不下漳河搬迁的百姓群众、贺祥社区，遂书信一封，即是感谢，是鼓励，亦是共勉！

你们是我一生的惦念

贺祥社区党总支的同志们：

想念大家，见字如面！

近日，收到县政府办同志寄来《梨乡岁月——方世杰》一书，这让我始终没有平静的心绪再起波澜。离开魏县一年多了，回想起在魏县工作的三年，历历在目，尤其是在贺祥社区、江庄社区等6个社区，在李家口、段家庄村等12个漳河河道的搬迁村的点点滴滴，这些已经成为我一生挥之不去的烙印，熔铸到灵魂深处，终生不能磨灭。卢健同志、中青同志包括魏县的父老乡亲都给我的人生之路上了最重要的一课，是我一辈子取之不尽用之不竭的力量源泉。我深深地明白了习近平总书记在梁家河时说的一句话，“我人生第一步所学到的都是在梁家河。不要小看梁家河，这是有大学问的地方”。人民的幸福、国家的富强、民族的希望在哪里？在人民群众中，在人民群众蕴藏的改天换地的磅礴伟力之中。

今年，脱贫攻坚已经到了决战决胜、全面收官的关键阶段，魏县的易地扶贫搬迁也已经到了拆旧复垦的关键之时。剑峰同志和我开玩笑说：“你把好吃的肉都吃完了，剩下的骨头我都得替你啃。”中青同志批评我：“你就是个逃兵。”我很惭愧，也很惋惜，没有完完整整地参与完成魏县的易地扶贫搬迁工作，没有等到漳河河道内2万多百姓都住进新房子、过上新日子的那天就离开了魏县。这实非我所愿，我心里时时刻刻都在惦记着大家，惦记着李家口等12个村有困难还不能如愿住进新居的少数几户村民。

我是一名共产党员，入党时宣了誓：对党忠诚，积极工作，为

共产主义奋斗终身，随时准备为党和人民牺牲一切，永不叛党。共产党员就应该是用特殊材料做成的，比铁还硬、比钢还强。我相信我们贺祥社区的每一位党员都在以此为标准，不断地校正和提高自己，吃苦在前、享受在后，把人民对美好生活的向往始终作为我们的奋斗目标，在决战决胜脱贫攻坚这一伟大战役中发光发热，让党员这面鲜红的旗帜高高飘扬。今年 4 月，习近平总书记在陕西调研时，有一张“五级书记”同框的照片网络刷屏，生动诠释了总书记一步一步走来的脱贫攻坚历程，这是初心，也是使命。作为一名党员，我们要向总书记看齐，时时刻刻把人民装在心里。总书记走遍了 14 个连片贫困区，5 年连续 7 次召开跨省区脱贫攻坚座谈会，用脚丈量了深度贫困地区的每一寸土地，用情滋养了每一位贫困群众的信心力量，以“功成不必在我、功成必定有我”的境界和情怀，以“我将无我、不负人民”的历史担当，团结带领全国各族人民只争朝夕、不负韶华，创造了彪炳史册的人间奇迹！

李家口村还有部分群众有一定的实际困难，也有不同的诉求，中青同志跟我说，魏县易地扶贫搬迁工作中，他最不放心的还是李家口的工作。这让我始终不能释怀，一定是我前期工作的基础没有打好，希望贺祥社区各位党员与县委县政府一道，深入群众、克服困难，深入分析问题，找到既不突破政策，确保一把尺子量到底，也让剩余几户充分理解、能够接受的方案，尽快完成拆旧复垦工作。

三年魏县人，一生魏县情。远航的人始终坚定正确的航向，是因为心中有一盏明灯一直照亮着前方，在他眼里世上哪有什么黑暗；红军战士二万五千里长征，之所以能够翻越万水千山、突破重重险关而始终保持革命乐观主义精神，是因为前进的征程中，一直用信仰之光照亮奋斗之路。人是要有精神的，精神力量的能动作用会让你突破自己的想象，强大的精神力量会转变成为现实的物质力量。喊破嗓子不如甩开膀子，贺祥社区的党员干部要身先士卒、甘做示范，群众的眼睛是雪亮的，干出样子就能带出路子，群众就会更加相信你。

脱贫摘帽不是终点，而是新生活、新奋斗的起点。相信所有的搬迁群众在县委县政府的带领下，搬进新居、走上新路，创新生产生活方式，彻底摆脱漳河泛滥带来的危险，过上幸福美满的新生活，只要我们有梦想、有奋斗，就会有希望!

你们是我一生的惦念!

此致

敬礼!

方世杰顿首

2020 年 5 月 9 日

·行楷　《京师得家书》［明］袁凯·

江水三千里，家书十五行。
行行无别语，只道早还乡。

“我们冒着严寒，沿着蜿蜒陡峭的山路攀上山顶，坐在那久久凝视，禁不住泪洒衣衫。干事创业的艰难又有几人能深切体会！”

王鸿蒙写给村支书和村主任

王鸿蒙

■2015 年 7 月至 2017 年 7 月，由国家邮政局选派到河北省承德市平泉县（现平泉市）平泉镇哈叭气村任第一书记。曾获河北省 2016 年度精准扶贫“优秀驻村第一书记”荣誉。

因为重返村里再次见到村支书和村主任，时间紧，话又说不完，写了这封信。

温暖的记忆

徐老兄、姚大姐：

你们好！见字如面。鼠年已至，首先祝你们春节愉快、身体健康、阖家团圆、万事如意！

分别两年多了，春节前随领导前往慰问时见到你们，心里有种说不出的亲切。看到村里的新变化，心里很高兴！记忆的片段串成一幕幕往事，无奈时间有限，无法详谈。是想通过这封信重拾温暖的记忆。

2015年盛夏，第一次走进这片大山，举目无亲，工作更是两眼一抹黑，是你们和县、镇工作队的同志们在工作上给予我帮助和指导，在生活上让我感到家人般的温暖，使我能够安心投入扶贫事业中去。两年时光，我从你们眼里的“镀金”干部，变成半个“新时代农民”。

记得最开始村两委讨论问题，常常不欢而散。现在想想，我从学校到机关，做事重程序，不懂村里的“规矩”，矛盾是必然的。那时咱们村党支部是县里挂名的软弱涣散基层党组织，老党员居多；没有集体收入；没有成规模的农业产业，“空心化”严重；土地贫瘠分散、气候干旱寒冷，不利于耕种农业发展；和王杖子村合并不久，村内宗族复杂、矛盾重重；道路晴天一身土、雨天一身泥，遇大雨时阻断，村民竟无法出行；地下水污染严重，水位下降；村里因修路竟还背着几十万元的外债……巧妇难为无米之炊，我能够深切感受到你们的难处。贫困村民的期盼、孩子们渴望知识的眼神、五保户锅里粗糙的剩饭菜，让我在感性的触碰中快速蜕变，逐渐抛开理想化，从实际问题入手，从群众的日常点滴做起。

两年的磨合，让我们彼此了解、互相信赖、共创事业。现在时

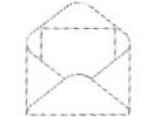

常还会想起咱们在村部解决问题“吵架”到深夜，想起建设蔬菜大棚时我们在山坡上的精妙盘算和设计，想起掉到自来水管道沟里的小牛犊，想起首届诗词大会，想起2015年暴雪压坏蔬菜暖棚，2016年鸡瘟造成的巨大损失和村民的痛哭流涕。2016年冬天，食用菌大棚落成之际，我们冒着严寒，沿着蜿蜒陡峭的山路攀上山顶，坐在那久久凝视。干事创业的艰难又有几人能深切体会！

这次再回村里，谈论起当年生活、工作的一幕幕，满满都是回忆。当年的这里，到了冬天村部滴水成冰，去厕所要先过河。今天崭新的支部会议室、村民服务中心、办公桌椅、床铺被褥、橱柜灶具，真是天壤之别！

我赞叹今天在哈叭气村发生的巨大变化。一粒粒扶贫的种子生发出勃勃生机。当年开山“酿电”、化木成蕈总算有了效果！想想过去，今天我们的日子实在变化太大，而你们肩上的担子和责任也更重了。今年是全面建成小康社会的收官之年，虽然摆脱了贫困，但手里有粮心里才不慌，还要继续带领乡亲们富起来。在这方面，我有一些初步想法期待与你们当面交流，并尽我所能提供帮助。

啰嗦了不少，看到你们和村里都越来越好，我很开心。祝你们的日子蒸蒸日上，更上一层楼！另外，从年前形势来看，一场疫情正在发酵，请你们和村里的乡亲务必重视，加强防护，服从指挥，共同战“疫”。我期待“疫”散花开，咱们再把酒言欢！

此致

敬礼！

王鸿蒙

2020年2月1日

“张大叔，想您了！”

陈建波写给张民生

陈建波

■2015 年 7 月至 2018 年 7 月，由中国盐业集团有限公司选派到陕西省延安市宜川县集义镇寿峰社区桌里村任第一书记。

此信是写给村里一位老军人的。驻村扶贫期间他们一起度过了三个春节。

那些一起过新年的日子

张大叔：

想您了！

今天，京城蓝天白云，空气洁净如洗。坐在书桌前，翻阅三年来的驻村日记，我的思绪便如天空那洁白的云朵，飘向了千里之外曾经工作生活过的延安市宜川县集义镇的桌里村，那一张张熟悉而又亲切的乡亲笑脸，便如电影镜头展现在眼前，我的心里又泛起了波澜……这一刻，又浮现了您的笑脸，我记得今年您 86 岁了。

细数离开的日子，再有近两个月，从陕北黄土地的桌里村回到京城就要满两年了，提起笔来，点点滴滴犹如昨天。

见信如面。虽然因为工作的原因，离开了您和乡亲们，但在京城的每一天，我的心都和你们，和这块土地牵挂在一起，每一刻都不曾离开。

您的大女儿微信告诉我，自我离开后您就去小女婿家生活了，前些日子李书记来电告诉我您又回到了自己的窑洞。不知道给您买的电视还好用吗？您那个窑洞久远了，还是要注意安全，由于您的听力下降，所以很少给您打电话，但他们会把您的信息及时告诉我，知道您生活越来越好，身体硬朗，我就放心了。我也知道您一直想着我，我在京城一切都好，请您放心。

与您在一起，忘不了三个春节的相伴，又想跟您唠唠。

2016 年是我们共同度过的第一个春节，也是我在桌里村过的第一个春节。我记得除夕那天天气十分晴朗，我很早就起床了，因为是来桌里村任第一书记第一次在一个乡亲家过春节，洗漱完，早早就收拾好了。上午在李书记家吃了共饭，又陪李书记和家族的人上山拜祭祖先。按照既定计划，拜祭完，我带领村里的退伍军人蒙毅和五保户曹京安奔赴您女婿家，陪伴您过年，这是我作为中年军人对您作为老军人的承诺。那个时候我就心里想：只要我在枭里，无论怎样，我都会陪伴您过新年。

当时李书记开着车把我们载到了困难组山下，我们带着给您买的年货。您当时住在村里最高处的土窑洞里，过年和女婿外孙子在一起。小女儿走得早，您的内心是一直牵挂着这个家。您的一生，确实不容易啊！早年父母离去，中年妻子离去，晚年小女儿离去。但我们的党和政府没有忘记，也永远不会忘记像您这样曾为共和国建设作出贡献的人。

陪您过年，您和家人都很高兴。年轻人在准备食材的时候，我和您唠家常，聆听您当兵的故事，您点燃一支香烟，讲到兴头处会猛吸一口，在烟雾缭绕中，乡音铿锵有力并挥舞一下手臂，阳光下您的笑声让我想起金庸笔下的老顽童，印象特别深刻。

我给您准备了在西安购买的延安精神永放光芒的香烟，那是精心准备的。我看中的就是那个烟盒，希望让您想起过去和现在时都是幸福温暖的。三年里，您时不时在村里老中青三代烟民的面前展示您的烟盒，真是老顽童！

在我人生里，做的第一顿饭是为父母，第二次就是给您做的了。做的是湖北老家的炖鸡，鸡是我从县城买回来的，您和年青人都夸我做得好，让我骄傲满满。2016 年的新年团圆饭，做了 12 道菜，本来计划 15 个菜，但是桌子放不下，只好这样。那天，您喝白酒，我专门买的红色喜庆的西凤酒和一些红酒，陕西人的挚爱之一，本不沾一滴酒的我那天开戒喝了一杯红酒。后来又闻讯来了一批孩子和年轻人，真是热闹，年轻人又包了饺子。品着我们自己动手做的饭菜、喝着酒，这时的窑洞温暖得像是春天。

2017 年和 2018 的春节，我们继续陪您过年。

2017 年是在村委会，外面回来的年轻人还在院子里燃起了篝火，2018 年转到了您自己的窑洞，我在福建的同学还驱车千里来陪您过年。我还专门请北京的书法家写了 500 幅春联福字，送到每户乡亲家，我又一次走遍了全村所有人家，逐一拜了年，心里有一种满足和幸福感。

因为有了经验，后两年春节的团圆饭更加丰富了，活动也更加多彩了一些。有了北京烤鸭、老家的腊猪蹄、腊肉、当地的生态猪鲜肉、火腿、腊肠、榆林羊肉、南海大虾等，增加了更多的水果，还有香港的朋友给您寄来的香烟和雪茄，我能够感受到您和乡亲们发自内心的幸福快乐，我也感受到一种浓浓的家的味道、浓浓的亲情的味道。

三个春节，三年的每个日日夜夜，很幸福很开心，所有的付出都源于爱，是真心诚意的。

想起这些，还是那么温暖如初。

今年，革命圣地延安已经全部脱贫摘帽，村前的大道也已经修通了柏油路，既为我们桌里村高兴，也为美好的未来而骄傲，您和乡亲们的生活会越来越好。

我期待和您重逢的日子，有机会再一起过新年。

祝您身体健康，一切安好！

建波

2020 年 5 月 24 日于京

·篆刻　乐新年·

“将来无论你走多远，飞多高，不要忘记家乡一草一木对你的养育之恩，不要忘记父老乡亲对你的殷切期望。”

杨玉洋写给吕新立

杨玉洋

■ 国务院发展研究中心人事局人才处处长。2017 年 9 月至 2020 年 3 月，由国务院发展研究中心选派到河北省大名县大街镇双台村任第一书记。扶贫期间，获 2018 年“中央和国家机关脱贫攻坚优秀个人”、2019 年“河北省优秀驻村第一书记”荣誉。2020 年，被党中央、国务院授予“全国先进工作者”荣誉称号。

杨玉洋曾是军人，在他的帮助下，双台村的吕新立光荣地加入了中国人民解放军。这是他给小吕写的信。

一位军人的期望

吕新立同志：

首先，祝贺你响应祖国的号召应征入伍，光荣地成为一名解放军战士！穿上军装，就要胸怀报国志，甘洒英雄泪！希望你尽早完成由一名社会青年向合格军人的转变，扎根军营，不怕吃苦，甘心奉献，争当优秀士兵，建功立业！

对于你少年时家庭遇到的不幸，全村父老乡亲都看在眼里，向你、向你的爷爷纷纷伸出了援助的手。“好男儿志在四方”，将来无论你走多远，飞多高，不要忘记家乡一草一木对你的养育之恩，不要忘记父老乡亲对你的殷切期望。年底之前，全村就要脱贫了，但致富发展的路还很长。党和国家的政策好，更离不开每一位双台人的努力奋斗，期待着将来的你为家乡做出更大的贡献！

双台村永远是你的家！

杨玉洋

2018 年 9 月 9 日

·摄影　新兵，向前！·

“起初，我们完全没有把您当回事。”

贫困户和驻村干部写给李鑫鑫

李鑫鑫

■2018 年 4 月至今，由中国法学会选派到重庆市开州区先后任竹溪镇石碗村第一书记、紫水乡雄鹰村第一书记。曾被评为重庆市 2019 年度脱贫攻坚先进个人。

从不被群众看好，到被群众看重。李鑫鑫用真情实干赢得了群众和当地干部的信任和支持。以下两封信分别是贫困户和驻村干部给他写的信。

感谢您为我们做的一切

李书记：

您好！

我是建档立卡贫困户李国聪的爱人文诗秀，好久没有给您发信息，今天是我家脱贫的日子，有些话憋在心里很久，特让大女儿金花帮我写下了这封信，以表达我对您的歉意与感谢。

说实话，要不是因为国聪得了病，我们家的条件真还可以。两个女儿考上了中职，儿子虽然学习不好，但也上了武校，自家坛菜生意也算不错，可没想到突如其来的那场病，彻底改变了我们的生活。

2017 年底，国聪染上了免疫系统疾病，致使我们因病致贫。因为疾病的特殊性，我们没有得到更多的帮助。现在想起来遇到您才使我们家的状况发生了改变。起初，我们完全没有把您当回事，您的嘘寒问暖对于我们来说只是单纯的完成工作任务。国聪当时在东莞就医，孩子分别在东莞和郑州上学，对于重庆外的我们，您能帮助我们什么呢？您刚到村里来，还很年轻，好多东西都不了解，石碗村 187 户贫困户您能帮得过来吗？我当时最大的困难就是支付 3 个孩子的学费，您体会不到作母亲的那种无奈，小儿雄伟能不能继续上学的问题导致我情绪很不稳定，对于当时我对您的态度，我要向您道个歉。

还记得 2018 年 12 月中旬，您跟我说要来东莞市看我们，我当时非常震惊，以为只是随便说说，没想到第二天您就过来了。这是建档立卡以来，第一次有人对我家的事如此上心，我当时非常激动，眼泪在眼眶里打转。您详细地询问了我们的生活状况后，便通过东

莞市法学会等相关部门联系到了学校，从而减免了我两个女儿的学费和住宿费。事后，您又主动联系郑州市相关部门的领导，帮助小儿申请了当地教育扶贫政策，我当时是万分感动，觉得您是一个成事的人。还记得您走前跟我说的那句话："世间不如意事常有，生活从来都是波澜起伏的，命运从来都是峰回路转的，要有一颗向前的心，困难只是暂时的，一切都会过去的。"

我经常教育我的孩子要向您学习，要有一颗奉献的心，一颗感恩的心，要做社会的栋梁之才。如今，大女金花已毕业，在一家服装公司做设计，二女元芳明年毕业，小儿雄伟在学校成绩名列前茅。我在一家胶带厂上班，国聪的病也相对稳定，生活明显变好。这都是您的功劳，感谢您为我们做的一切。

我跟国聪商量，等二女元芳上班后，就搬回村里住，您为我们建的新房不能让它空着。虽然您调到了别的村扶贫，但石碗村永远欢迎您，我们都期盼着您常回来看看，您永远是那个办实事的好书记。

前段时间，看您生病了，我们非常担心。农村里管那病叫"缠腰龙"，绕一圈会有生命危险，您不要老想着工作，身体更加重要。您不妨让村里帮您找些桐油，用灯芯草烧一下，这叫"烧灯花"疗法，可以延缓它生长的速度，祝您早日康复。

我没有什么文化，就想跟您好好聊聊，却又不知从何说起。不知道您现在有没有女朋友，岁数也不小了，该找了，我们等着喝您的喜酒，多珍重。

竹溪镇石碗村8组文诗秀
2019年12月30日

李书记：

您好，见字如面！

不知您近来可好？自从您离开石碗村后，大家都十分想念您。您走之前给村里申请的魔芋种植基地项目现在已经开始启动，村民干劲十足。每次路过五保户伍先文家门口，他都会问我您的近况，有没有娶媳妇？什么时候再回石碗村看看？

人和人的际遇真的是件很奇妙的事，如果没有脱贫攻坚，您不会千里迢迢从北京来到我们这个小山村。而我们，也不会认识您，被您影响。

说实话，开始您来的时候，大家都不看好您。觉得您太年轻了，肯定就是走过场，镀个金再回去升职。更别提能带领大家脱贫攻坚奔小康！我嘴上不说，但心里也不是没有这样的想法。直到真的与您一起工作，我才发现我错了。在我看来，您是一个很有想法且很有目标的人。

初来乍到，您没有急着开展工作，而是让我领着您到处转悠。了解全村贫困户情况，查看整村全貌。有时会看见您在笔记本上奋笔疾书，有时又会见您看着村里的产业眼里闪闪发光！您不在乎别人怎么看您，和和气气，但我知道您温和的表面下其实藏着一颗做好扶贫事业的野心！

2018 年 5 月 22 日，石碗村发生暴雨灾情，村道被冲毁，村民房屋倒塌，生活物质紧缺。大家一筹莫展之际，您四处奔波，您动用个人资源联系到北京的企业捐款捐物，第一时间帮助大家渡过难关。都说患难见真情，直到那一刻大家才真正的感受到您的一颗真心，您是带着真情实意同我们一道，共同打赢这场脱贫攻坚战的。

李鑫鑫

自此之后，我们的伙伴里多了一个您。而我也从您每天工作到夜深的灯光里体会到了年轻人干事创业的热情，也从您对石碗村变成金碗村的蓝图里感受到了梦想的力量，更从您奔波在北京—开州—石碗村，会议室—贫困户—办公室这三点一线的日常里明白了脱贫攻坚这条道路上，我们都是追梦人，我们都在为美好生活努力奋斗！

虽然，您在石碗村只待了一年。但这一年却影响了许许多多的人，给村里带来了生机与变化。村会议室更规范了，制度上墙，投影上墙，文化室书籍满目，村民们的学习热情更高涨；村里路畅通了，路灯亮了，胆小的“程程”再也不用怕半夜摸黑起来上厕所了；产业开了花结了果，晚熟李子的产业分红让每名贫困户都感受到了政策的福利；魔芋种植基地也将开启新一轮的希望！李国聪的信心被您带回来了，生活有滋有味更明亮，逢人都要念叨您的好，还张罗着要给您介绍女朋友！这些变化都是您带来的，都是您和我们一起干出来的！

现在的石碗村正按着您当时描绘的蓝图一点一点的变成金黄色，努力成为金碗村。现在的大家，每个人都因为您的影响，一点一滴的播撒追梦的汗水，努力让生活变得更好！而我，也在备考 2020 年的研究生考试，努力让自己的梦想更进一步！

所以，谢谢您的到来，改变了我们也影响了我们。期待您有空再回到曾经战斗过的石碗村走一走，看一看，您会发现石碗村漫山遍野都挂满了金黄的硕果，脱贫攻坚这条道路上，有您，有我，也有无数同我们一样的追梦人。

竹溪镇人民政府韦冉

2019 年 6 月 28 日

“我现在的目标是要争取活到 2020 年，看看全面小康社会是什么样子，你说我能不能活到那个时候？”

村民写给杨志伟

杨志伟

■2017 年 6 月至 2019 年 11 月，由中国科学技术大学选派至贵州省六盘水市六枝特区新窑镇联合村任第一书记。曾获 2018 年贵州省“脱贫攻坚优秀村第一书记”荣誉。

第一封信的作者是联合村党员陈富启，为感谢杨志伟对他姐姐的帮助，以及对全村老百姓的帮助，他写了这封信贴在了他姐姐家的门口。

第二封信是杨志伟根据平时与王昌迪老人电话交流内容整理而得。王昌迪在解放军参加党的地下外围组织，后任安徽省水利厅领导职务。他们于 2006 年相识并成为忘年交。2017 年 10 月 24 日，王昌迪逝世。生前，对杨志伟有很多嘱咐。

您是村民值得信赖和最放心的人

亲爱的志伟书记，您好！

自你进驻我联合村以來，你为我联合村人民做了大量的工作，辛勤地付出，书记辛苦了。

特别是在执政为民，勤政为民，脱贫攻坚战略问题上。你手把手、心贴心地服务。你朴素的作风，高贵的品格，令人肃然起敬，由衷感慨。

你是我联合村人民值得信赖和最放心的人。我联合村人民希望你在联合村发挥你的光和热。在我联合村发芽，生根，开花，结果，帮我联合村打造出一片新的天地。联合村人民爱戴你，支持你。广大党员干部拥护你。你是我联合村人民心中的一盏灯，未来的曙光和希望。

谨以片言敬意。

联合村人民

2018 年 8 月 6 日

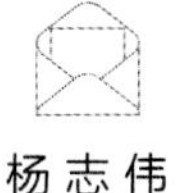

杨志伟

志伟：

现在在贵州工作生活都还好吧，我最近身体好些了，但是慢阻肺很折磨人，归咎于大概是我年轻时候抽烟抽多了，你千万要答应我任何时候都不能抽烟。

最近医生护士都问我，“你孙子呢，怎么有段时间没见他来看你了？”我告诉他们你去贵州扶贫了。你这次去贵州作第一书记，就算是从政了，其实我一直觉得你毕业之后应该从事跟化学相关的工作，毕竟这是你的专业啊，不过既然你走了这条路，我也支持你。

你一定记得千万不能贪污受贿。以前我工作时，也有人送东西给我，我都会拒绝的，有时候他们会趁我不在家，把东西送到我家就走了，我一般都是会原封不动退回去的，如果是鸡、鸭或者鸡蛋之类的，送礼的人又是外地人，不方便退回去的，我就会折合成钱邮寄回去。我这辈子一分钱也没有贪污过。蚁穴虽小，可溃千里长堤，在廉洁问题上稍有不慎就容易铸成大错。

你在那边也参加组织生活会吗？我们离退休支部每个月都会开，最近来的人越来越少了，我每次都坚持去参加，你一定要积极参加组织生活会。另外，习近平总书记最近几篇讲话你学习了没有？

你有空的时候，帮我去网站上看看，能不能查到我们当时修建佛子岭水库时的一些相关报道。对于我说要写自传的事，你总是说我只去说不去做，但是我确实是没时间啊，你不知道我每天都有做不完的事。我现在的目标是要争取活到 2020 年，看看全面小康社会是什么样子，你说我能不能活到那个时候？

昌迪

“他很温柔地对每一个人说话，我看到周叔叔感到很荣幸，因为他帮助了很多很多的小朋友解决了困难。”

贫困村小学生写给周国平

周国平

■2016 年 2 月至 2018 年 9 月，由光大集团选派到湖南省永州市新田县挂职任县委常委。挂职期间，获湖南省 2017 年“最美扶贫人物”荣誉，被永州市委记二等功 1 次。

这两封信是同一个小学生写的。第一封信是周国平即将离任时小姑娘现场交给他的，第二封信是他离任 9 个月后收到的。虽然离任，周国平没有停止扶贫行动。

棒棒糖，棒棒的

周叔叔：

您好！今天，您来我太高兴了，今天我一知道是您来，我的心里面想的都是您，因为您给我们一个好的生活，给我们捐了一个跑道。我很开心，还有你给我们捐了热水器，这样我们在这里住宿的人都可以有热水洗澡了，在冬天就有了热水洗澡了，你太伟大了。周叔叔，上次我给你买的棒棒糖，就是感恩您的，周叔叔你是个大英雄，你是世界上最伟大的一个周叔叔，感恩您，谢谢您，周叔叔。这些都是校长给我们说的，你很好的，不要告诉校长哦！

盘慧英

2018 年 8 月

周国平

周叔叔：

今天，我才知道光大集团要带我们去北京玩，因为我们门楼下学校有一点困难，所以光大集团在我们有困难的时候出现在我们学校里面来帮助我们。

我们用光大集团的叔叔、阿姨和光大集团周叔叔还有光大集团的董事长的钱，来帮助我们，他们用辛辛苦苦挣来的钱来帮助门楼下学校。门楼下学校有很多都是光大集团捐赠的东西，所以光大集团的周叔叔一来到我们学校，我就带着很多人看周叔叔。他很温柔地对每一个人说话，看到周叔叔感到很荣幸，因为他帮助了很多很多的小朋友解决了困难。

所以我要好好学习考出好成绩，来回报光大集团。等我读完书以后，我想考上北京大学。读完北京大学，我想去北京上班，如果可以在北京中青旅的话那就太好了。

令我开心的是长大以后可以在光大集团上班，因为光大集团是爱帮助他人的光大集团。

我要感谢光大集团帮助门楼下学校，也谢谢光大集团可以给我一个机会去北京参观天安门，光大集团是个好光大，光大集团和老师和校长好像是我的亲人一样对我这么好，谢谢！

盘慧英

2019 年 6 月 12 日

“您刚来的时候，我以为你很凶，因为一般戴眼镜的人都很凶。”

贫困村学生写给程显臣

程显臣

■2016年12月至2018年12月，由公安部选派到贵州省黔西南布依族苗族自治州兴仁县新龙场镇民裕村任第一书记。扶贫期间，获贵州省脱贫攻坚英才、全省脱贫攻坚优秀村第一书记，公安部直属机关2017–2018年度优秀共产党员等荣誉，荣立个人一等功、三等功各1次。

扶贫先扶智。由于村内小学师资力量极为缺乏，程显臣主动承担了英语课的教学，并在教学中与学生建立了深厚的感情。以下是小学生写给他的信。

您是我们的好老师

亲爱的程老师：

您好！

程老师您去外地出差，您为什么在我家的时候，您不告诉我，您去哪里出差？您第十九周才回来，我们二十周就考试了，您快回来吧！我们好想您，您的工作还顺利吗？

程老师您一直告诉我们上课要听讲，不然下课了不知道怎么写作业。您是我的好老师，您什么时候回来了，回来的时候请写信给我们，您快回来吧！

程老师您是我们的老师，您是我们好好的老师，您是我们的好英语老师，您不是在外地吗，您快回来吧我们好想您。

程老师，快回来吧！

祝您工作顺利

王元欢

2017 年 6 月 13 日

亲爱的程老师：

您好!

您刚来的时候，我以为你很凶，因为一般戴眼镜的人都很凶，不肯多说一句话。也不爱笑。可是你却一点儿都不凶，还很温柔，也挺爱笑的。

我觉得你上课特别好，发音标准，上课时特别仔细。我都不知道是你发音太标准，还是我们太笨了？每一次上课都会有人不听课，在下面做小动作，你总是好好地跟他们说。如果是我的话，我会说："好玩吗？上课不听讲，给我去外面站着，免得影响其他人学习！"

我觉得你人太好了，他们都不怕你。你还给我们捐了电脑、图书，还给我们买了衣服、书包、学习用品。我们大家都好对不起你啊，也对不起那些领导。现在我们只有用学习来回报你们了。

我们五年级的人要离开民裕小学了，也有可能再也见不到你了，程老师我们大家会想您的，也会好好学习，你也要想我们。

程老师希望你工作顺利，每天开开心心。

贺发灿

2017 年 6 月 18 日

“王叔叔，北京现在还好吗？”

贫困村小村民写给王淘

■高级工程师，2015 年 8 月至 2016 年 11 月，由国防科工局选派到陕西省略阳县金家河镇黄家沟村任第一书记，扶贫期间被评为“汉中市优秀第一书记”。

这是王淘所驻村——黄家沟村宋家湾的小村民写给王淘的信。2020 年春节，多地爆发新冠肺炎疫情，远在山沟里的贫困户惦记着王书记的情况，让家里的“文化人”给王叔叔写信问候一下，也汇报一下家里的情况。信是家长通过微信拍照发过来的，虽未邮寄，也依然是从陕西黄家沟传到北京。书信笔触稚嫩但充满深情。

鼠年大吉

亲爱的王叔叔：

您好吗？光阴流逝，不见您已有三年之久。新年来临之际，我代表全家人向您致以衷心的问候。祝您在新的一年里身体健康，万事如意。

武汉现在暴发的疫情，弄得大家都很紧张。各国都在马不停蹄地研究控制疫情的方法，病人们都迫不及待地想要接受治疗，健健康康地回到家与亲人团聚。

王叔叔，北京现在还好吗？听说北京也有疫情发生，您一定要注意好自己的身体啊！听说新型冠状病毒引起的肺炎，可能是由蝙蝠造成的。这拉开了我们与动物间的距离，也警告人们不要再滥捕滥杀滥食用野生动物，要与动物建立良好的关系。同时，您也不能因为工作忙的缘故而置自己的身体于不顾。

您多次在手机中强调（我们）一定要注意自己的身体，我在这里再次感谢您对我们一家的关心。爷爷的腿本来就不好，于去年 4 月份在汉中做了髋关节置换手术，手术很成功，在家卧床三月有余，才得以下床活动，其间一直都是奶奶在照顾，端茶倒水，伺候得无微不至。

奶奶去年也住院了两次。夏天的时候，奶奶住了第一次医院，在中医院住院部三楼。一个姓韩的女医生接待的她，正巧我放暑假，妈妈带着我、奶奶以及住院必备品和我的作业去了医院。妈妈安排好一切后，留下我一个人就走了。我在那个炎热的夏天，在狭小的病房里照顾了奶奶 15 天。寒假里，她又生病了，恰逢那天期末考试，一考完又被我亲爱的父亲派往了医院，这一住又是 11 天。在这期间，不少医生护士夸我懂事，我可高兴了。

说到学习，我可能就要惭愧地低下头了。小学的时候，语文、数学、英语从未下过 90 分，可到了初中，不知怎地，语文和英语上来了，数学却在退步。从当初的三门学科开到了现在的八门学科，作业远比以前多得多，课程也比以前难得多，再也没有以前的时间和精力去百分之百投入了，导致这次的期末成绩在重点班里也只能排在全班第十名。我想，也许下次就可以有好成绩了。

妹妹上小学四年级，她们的科目在我看来没有难度，但她每次都是全班第一名。这次的成绩也十分不错，语文 98，数学 99，英语 100。这个成绩是十分耀眼的。

我们姐妹俩在此感谢您对我们两人，我们一家的关心，祝您及您的家人万事如意，鼠年大吉!

宋嘉丽

2020 年 2 月 3 日

·篆刻　新年问好·

代后记

扶贫人的来信

力歌吾兄：

您好！来信收悉，您辛苦了！见字如面。

首先，我想说，我非常荣幸能够与您一起亲身参加脱贫攻坚这场人类最美至善的伟大战斗。我非常荣幸能够接到您的邀请，与您和扶贫战友们一起记录我们的工作、友谊和战斗真情。我非常荣幸能够有机会向您学习，作为扶贫战线上的一名新兵，以后还要烦请您多指导！

其次，要跟您说声抱歉，回信晚了，其实在上午10：02分接到您的来信，我的心情特别激动，也特别感动，第一时间就想给您回信。但是，因为我正在古丈县卫健局五楼大会议室，参加中国光大集团援建古丈县“智慧远程医疗＋健康扶贫”项目医保门诊结算进村的培训班开班仪式，无法当时给您回信。

下午散会后，我一口气把您的来信读了5遍，感受到了您的字字情真，句句意切，再次地非常激动和感动，同时又增加了深深的感激。

我特别赞同您说的，今年是全面打赢脱贫攻坚战的最后一年，也是决战决胜全面建成小康社会的关键之年。在这个能够见证历史的关键时刻，与战友们一起，以《扶贫家书》的方式，把我们为扶贫工作流过的汗，流下的泪，留下的真情记录下来，编织成我们为这场人类伟大事业而努力的美好而真诚的记忆，这的确是件很有意义的事情。

我特别赞同您说的，战争年代，很多人和很多家庭因为战火，因为两地，通过书信叙事、抒情、讨论工作。这些信件成了战争后的宝贵文献。和平时期，很多“扶贫人”义不容辞全力以赴地投入打赢脱贫攻坚战中，同样与家人朋友同事两地工作和生活，往来的家书同样不能缺席，因为，多年后它们将成为观察“扶贫精神”与历史人文的新鲜视角。

我当积极相应您的号召，刚好利用清明节假期、受新冠肺炎疫情影响不能回辽宁沈阳探亲的时间，整理一下之前给家人写过的书信，报送过去，到时还得多请吾兄斧正。感谢之至！

此致

敬礼！

秦纲顿首

2020 年 4 月 2 日下午